Pferdeinternat Inselglück

Liebe und Lampenfieber

Weitere Abenteuer im Pferdeinternat Inselglück:

Milas großer Traum

Im Galopp zum Sieg

Liebe und Lampenfieber

Emma Norden

PferdeInternat Inselglück

Liebe und Lampenfieber

Loewe

ISBN 978-3-7855-8407-1
1. Auflage 2017

Umschlagfoto: © iStock.com / wundervisuals
Umschlaggestaltung: Michael Dietrich
Printed in Germany

www.loewe-verlag.de

Inhalt

Herzklopfen

Mila rutschte wie ein nasser Sack von Adessos Rücken und ließ sich mitsamt ihrer Reitkappe auf dem Kopf ins Gras plumpsen. „Ich brauch ’ne Pause!“, stöhnte sie und wischte sich mit einer dramatischen Geste über die Stirn.

Adesso war Milas Verhalten offensichtlich nicht ganz geheuer. Er stupste sie mit dem Maul an, wie um zu fragen, ob es ihr auch wirklich gut ging.

Mila grinste. „Alles in Ordnung, mein Schöner … bis auf den Muskelkater, der meinen ganzen Körper lahmlegt. Ich kann mich kaum noch bewegen.“

Charly, Milas beste Freundin, ließ sich elegant von ihrer Stute Vanilla neben Mila ins Gras gleiten und lachte. „Ja, Tamara nimmt uns im Moment auch ganz schön hart ran. Ich glaube, ich bin in meinem Leben noch nie so viel geritten. Und das will echt was heißen.“ Sie deutete auf den Kirschbaum, der mitten auf der Wiese stand. „Lass uns in den Schatten gehen. Es ist so schrecklich heiß heute.“

Mila nickte und führte Adesso zu dem knorrigen Baum. Charly und Vanilla folgten ihnen.

Schon merkwürdig, wie schnell die Zeit seit ihrer Ankunft auf der Insel Marum vorbeigegangen war, dachte Mila. Und wie sich ihr Leben verändert hatte. Noch vor vier Monaten hatte sie weder Charly noch das Inselinternat gekannt. Sie hatte mit Mama und Papa auf dem Festland gelebt und so oft sie konnte ihr Pferd Adesso und ihr kleines Appaloosa-Pony Renate bei ihrer früheren Reitlehrerin Aurelie im Stall besucht. Doch als ihre Eltern beschlossen hatten, für ein Jahr mit Ärzte ohne Grenzen nach Kenia zu gehen, hatten sie gleichzeitig entschieden, dass Mila diese zwölf Monate auf Marum im *Pferdeinternat Inselglück* verbringen sollte. Nicht zuletzt, weil dort die Schwester von Milas Vater, Tante Caro, als Mathelehrerin arbeitete.

Zuerst hatte Mila sich heftig gegen diesen Plan gewehrt. Aber Aurelie hatte sie schließlich überzeugen können, sich das Internat wenigstens einmal anzusehen. Mittlerweile musste Mila zugeben, dass es ihr auf *Insel-*

glück sehr gut gefiel. Besonders Charly, ihre neue beste Freundin, wollte sie nicht mehr missen. Und auch Tini, die Tochter von Tante Caro. Mila hatte ihre kleine Cousine richtig lieb gewonnen. Es war einfach zu niedlich, wie begeistert sie mit Renate spielte! Selbst das Reiten nahm Mila nun viel ernster. Obwohl sie zuvor noch nie professionellen Springunterricht gehabt hatte, war Tamara, ihre Reitlehrerin, sehr zufrieden mit ihren Leistungen. Das war für Mila aber noch nicht einmal das Wichtigste. Das Wichtigste war, dass ihr das Springtraining total viel Spaß machte – vorausgesetzt, sie hatte gerade keinen Muskelkater.

Mila rupfte einen Halm aus der Erde und steckte ihn sich zwischen die Zähne. Dann lehnte sie sich mit einem Seufzer gegen den Baum. Die raue, rissige Oberfläche des Stamms tat ihren müden Rückenmuskeln richtig gut. Eine Baum-Massage, fuhr es ihr durch den Kopf und sie lächelte. Sie atmete tief durch und beobachtete Adesso, dessen Fell in der Junisonne glänzte. Er mampfte in aller Ruhe Gras und wirkte völlig zufrieden. Das war wirklich einer dieser perfekten Momente, in denen einfach alles stimmte. Die Sonne, die Landschaft und die Menschen und Tiere um einen herum. Ein Moment, in dem man absolut gar nichts vermisste ... Plötzlich spürte sie ein Ziehen in der Brust. Na ja, so ganz richtig war das nicht. Sie vermisste ihre Eltern und Aurelie. Dann gab es da noch jemanden ... Jan.

Jan ging mit ihr in eine Klasse, wohnte aber nicht im Internat und nahm auch nicht am Reitunterricht teil. Und er war der süßeste und netteste Junge, den sie je getroffen hatte. Mit seinen blonden Strubbelhaaren und den braunen Augen erinnerte er Mila immer an einen großen Michel aus Lönneberga. Die Fischerhemden, die er so gerne trug, unterstrichen die Ähnlichkeit sogar noch.

Mila guckte verstohlen nach rechts zu Charly. Ob ihre Freundin wohl bemerkt hatte, dass sich gerade ein dickes Grinsen auf ihrem Gesicht breitgemacht hatte?

Doch Charlys Augen waren geschlossen.

Offensichtlich genoss auch sie die Ruhe und die Viersamkeit.

Mila überlegte: Vielleicht war das *die* Gelegenheit, mit Charly über die Jan-Sache zu sprechen?

Mila nahm den Halm aus dem Mund und kitzelte Charly damit am Hals.

„Hey, störe meine Kreise nicht!“, sagte Charly und schlug die Augen auf.

„Kreise? Welche Kreise?", fragte Mila verdutzt.

„Ach, das ist nur so ein Spruch von einem uralten Griechen", antwortete Charly.

„Es wird immer rätselhafter ... Ich frage jetzt besser nicht weiter nach", beschloss Mila. Sie hielt kurz inne, bevor sie fortfuhr. Dann nahm sie all ihren Mut zusammen und fragte: „Warst du eigentlich schon mal verliebt?"

Charly sah Mila verwundert an. „Na, das nenn ich mal Themen-Hopping. Von den alten Griechen zu meinen privaten Seelenlagen." Dann überlegte sie einen Moment und sagte: „Ich glaube, nicht richtig. Nicht mit nachts Wachliegen und Nicht-mehr-essen-können und so. Am Anfang des Jahres fand ich Jakob mal ganz süß. Aber das hat sich mittlerweile wieder gelegt. Jetzt mag ich ihn einfach nur noch wie einen Kumpel. Und du?"

„Deswegen frage ich ja", antwortete Mila. „Mein Herz pocht immer so verrückt und zieht sich in alle Richtungen und dann hab ich immer wieder das Gefühl, wie auf Watte zu laufen. Wenn ich die Augen zumache, sehe ich blonde Wuschelhaare und alles Mögliche fliegt in meinem Bauch herum: Schmetterlinge, Hummeln ... Hubschrauber. Manchmal ist mir auch richtig schlecht ..."

„Dann ist es auf *keinen* Fall Verliebtheit", schlussfolgerte Charly bestimmt.

„Du denkst also, ich habe eine fiese Krankheit?", fragte Mila schockiert.

Charly sah Mila fest in die Augen. Dann lächelte sie. „Das ist auf jeden Fall *Mega*-Verliebtheit, wenn du mich fragst. Und lass mich raten: blonde Wuschelhaare? Oh girl, ich habe es ja gewusst. Du bist in Jan verknallt!"

„Ist das so offensichtlich?" Mila sah beschämt zu Boden.

„Einer besten Freundin bleibt eben nichts verborgen", meinte Charly tröstend. „Hast du es ihm schon gesagt?"

Mila hob erschrocken den Kopf. „Bist du vom wilden Pferd gebissen? Nein, natürlich nicht. Lieber werfe ich beim Turnier jede einzelne Stange! Das wär doch oberpeinlich!"

„Tja, dann wird es schwierig werden herauszufinden, ob Jan das Gleiche fühlt, oder?"

„Das will ich ja auch gar nicht herausfinden!", rief Mila wütend. „Ich möchte diese blöde Verliebtheit wieder loswerden." Sie ballte die Fäuste und boxte in die Luft. „Geh weg, weg, weg!", schrie sie.

Adesso sah besorgt auf und kam auf Mila zu.

„Hey, Mila, mach nicht die Pferde scheu."

Mila stand auf und streichelte Adessos Hals. „Sorry, mein Schöner. Ich bin bald wieder die Alte ..."

„Deine Wutausbrüche müsste Adesso doch inzwischen gewohnt sein." Charly konnte ein Kichern nicht unterdrücken. „Bestimmt gehen so auch deine ungeliebten Gefühle weg. Mit einer Urbrülltherapie."

„Du meinst so eine Urschreitherapie für Menschen, die leicht wütend werden? Könnte mir gefallen." Mila grinste nun auch.

„Exakt. Kombiniert mit einer Abhärtungstherapie", schlug Charly vor. „Soll bei Angst vor Spinnen ja Wunder bewirken. Vielleicht hilft es, dich jeden Tag mit Jan zu verabreden. Dann merkst du wahrscheinlich, dass er gar nicht so toll ist."

Mila schüttelte den Kopf. „Also ich weiß nicht, Charly. Ich hab doch keine Angst vor Jan. Und glaubst du nicht, dass ich mich nur noch viel mehr verliebe, wenn ich mich jeden Tag mit ihm treffe? Nee, das ist eine Quarkidee."

„Dann weiß ich auch nicht weiter." Charly blies sich eine rote Lockensträhne aus dem Gesicht. „Kirschbaum-Schatten hin oder her. Es ist so heiß, ich kann nicht mehr denken.“ Sie warf einen Blick auf ihre goldene, teuer aussehende Armbanduhr. „Wir haben noch eine gute Stunde bis zum Abendessen. Was meinst du, sollen wir noch an den Strand?“

Sobald sie das Wort „Strand“ hörten, spitzten Vanilla und Adesso die Ohren und drehten unternehmungslustig ihre Köpfe in Richtung Meer.

„Super. Vier zu null Stimmen für den Strand. Los geht's.“

Mila schwang sich auf Adessos Rücken und Charly auf Vanillas.

Zuerst ritten sie wegen der stechenden Sonne langsam, als sie aber die Dünen hinter sich gelassen hatten und ihnen die salzige Meeresbrise um die Nase wehte, galoppierten sie los.

Mila liebte es, wenn der Sand unter Adessos Hufen nach hinten wegspritzte. Wie hatte sie nur früher ohne Strandausritte leben können? Nun wollte sie sie auf keinen Fall mehr missen. Und Adesso ging es genauso. Mila spürte, wie sie sich beim Galopp durch den weichen Sand entspannte. Hier musste sie sich keinen Reitregeln unterwerfen. Keine Tamara, die ihr sagte, dass sie ihre Fersen zwei Millimeter nach hinten nehmen und die Zügel im richtigen Moment loslassen sollte. Keine Hindernisse, die im korrekten Winkel übersprungen werden mussten. Nur auf die Strandkörbe und die Badegäste, die sich bei dem schönen Wetter häuften, mussten sie achtgeben. Herrlich! Mila hatte das Gefühl, dass mit jeder Welle, die an den Strand rollte, auch ein wenig Glück in sie hineinschwappte. Selbst Adesso war nicht wiederzuerkennen. Sobald er an seinen Hufen das Wasser spürte, schien er sich wieder in ein junges Fohlen zu verwandeln, das herumtollte, kleine Bocksprünge machte und einfach gar nicht genug vom Planschen bekommen konnte. Mila hörte die Badegäste lachen, als Adesso mit dem Maul durchs Wasser fuhr und Vanilla nass spritzte.

„Hey, du ungezogener Festlandhengst!", rief Charly und hob drohend den Zeigefinger. „Lass dich bloß nicht noch mal dabei erwischen, sonst kriegst du von mir keine Karotten mehr."

Adesso schnaubte und stampfte mit dem Huf auf. Diesmal traf der Schwall Wasser Charlys Reithose.

„Also, echt, du bist unmöglich, Brauner!" Charly wendete und ritt zurück an den Strand.

„Gut gemacht!", flüsterte Mila Adesso ins Ohr. „Und um Karotten musst du dir zum Glück keine Sorgen machen. Tini schleppt die kiloweise für Renate an. Da fallen für dich immer welche ab."

Adesso nickte, als hätte er verstanden.

„Wir müssen zurück!", rief Charly. „Zumindest, wenn wir noch eine Chance auf Frau Käthes Nudeln haben wollen."

„Wir kommen!", rief Mila zurück. Beim Gedanken an die leckeren Tagliatelle bolognese, die ihnen die Köchin des Internats, Frau Käthe, versprochen hatte, knurrte ihr der Magen. Und diesmal, da war sie sich ganz sicher, war es kein Hubschrauber der Fluglinie *Jan Petersen.*

Extra-Sondertraining

Als Mila und Charly durch das schmiedeeiserne Tor von *Inselglück* ritten, kam ihnen Tini auf Renate entgegen. Sie winkte Mila und Charly schon von Weitem zu.

Mila wunderte sich. Tini sah heute ganz normal aus … T-Shirt und Leggings. Und auch an Renate konnte sie kein einziges Stückchen Kostüm oder Schmuck erkennen. Nanu? Ihre kleine Cousine hatte doch sonst jeden Tag eine andere Idee, wie sie sich selbst und Renate verkleiden konnte.

„Tini, warum seid ihr heute denn nackt?", versuchte Mila der Sache auf den Grund zu gehen.

„Wie meinste das denn?", fragte Tini und blickte erschrocken an sich herunter.

„Ich meine, warum seid ihr nicht verkleidet wie sonst immer?"

„Ach so. Sag das doch gleich“, meinte Tini erleichtert. „Puh, für einen Moment hab ich echt geglaubt, ich hätte vergessen, mir ’ne Hose und ein T-Shirt anzuziehen. Nee, heute Morgen wollte ich Renate als Mammut Manni verkleiden und mich als Sid, das Faultier. Du weißt schon, die aus *Ice Age*. Aber sie hat den Pelz immer wieder abgeschüttelt. Keine Ahnung, warum.“

„Vielleicht, weil es heute mit 33 Grad Celsius alles andere als Ice Age ist?“, warf Charly ein. „Renate hat bestimmt ohnehin schon mit ihrem dicken Fell zu kämpfen.“

„Könnte sein“, grübelte Tini. „Oder die Schaumstoff-Mammutzähne waren ihr irgendwie im Weg.“

„Durchaus möglich.“ Mila grinste. „Ich persönlich glaube, es war eine Mischung aus beidem.“

„Morgen probiere ich *Hui Buh*. Da brauch ich nur ein Laken, das ist ihr bestimmt lieber“, überlegte Tini. Dann fasste sie sich an die Stirn. „Oh Mann, jetzt hab ich vor lauter Mammut vergessen, dass ich euch sagen soll, dass Luke heute Abend ein Extra-Sondertraining angesetzt hat. Ihr sollt nach dem Abendessen mit den Pferden auf die Weide kommen. Aber ihr braucht sie nicht zu satteln oder zu trensen.“

Oh nein. Mila hatte sich so auf ein bisschen Quatschen

im Gemeinschaftsraum gefreut. Und auf eine lange kalte Dusche mit dem neuen tollen afrikanischen Peeling, das ihre Mutter ihr aus Kenia geschickt hatte. Und jetzt noch ein Training? Übertrieben es Luke und Tamara nicht ein wenig? Klar, das große Jahresabschluss-Turnier rückte immer näher und vorher hatte Tamara sie noch für ein Turnier auf dem Festland angemeldet. Aber zwei Trainingseinheiten an einem Tag? Nein danke. So weit reichte Milas Ehrgeiz nicht. Andererseits: auf die Weide ohne Sattel? Das klang nicht nach einem normalen Training, tröstete sie sich. Sie blickte zu Charly, die mit versteinerter Miene auf Vanilla saß. Die schien von dem Sonder-Extratraining auch alles andere als begeistert zu sein.

„Die spinnen, die Trainer", meinte sie düster. „Da bleibt uns nur, uns gleich ins Getümmel um die Pasta zu werfen, um nachher nicht vor Schwäche vom Pferd zu plumpsen."

„Pasta?", sagte Mila aufgeregt. „Auf geht's!" Sie ritten los in Richtung Ställe.

Tini schnalzte mit der Zunge und auch Renate setzte sich langsam in Bewegung.

„Genau!", rief sie Mila und Charly hinterher. „Basta! Sagt meine Mama auch immer."

Zwei Stunden später führten Mila und Charly ihre Pferde auf die große Weide hinter dem Stall. Franzi und ihr schwarzer Hengst Black Velvet warteten schon.

„Das Essen war meine Rettung“, sagte Charly. „Jetzt ist es zumindest *möglich*, dass ich die Stunde überlebe.“

„Ja, die Nudeln und die kalte Dusche“, flüsterte Mila zurück. „Ich bin echt mal gespannt, was jetzt kommt.“

„Und ich erst“, meinte Franzi, die sich trotz der Hitze in ein hautenges schwarzes Reiterdress gepresst hatte. Man musste schon genau hinsehen, um zu erkennen, wo Franzi aufhörte und Black Velvet begann. „Ich hab das doch richtig verstanden, oder? Luke wird heute beim Training dabei sein?“

Mila nickte. „Zumindest hat Tini uns das gesagt.“ Sie zwinkerte Charly zu. Franzi hätte es zwar nie zugegeben, aber es war ziemlich offensichtlich, dass ihr Luke, der Trainer für Natural Horsemanship, ziemlich gut gefiel. Mila konnte sie sogar ein wenig verstehen. Luke sah toll aus und er war unglaublich nett. Besonders faszinierend war sein Umgang mit Pferden. Er ritt sein Pferd, Jolly Jumper, nur ohne Zügel und ohne Sattel. Jolly reagierte allein auf Lukes Gewichtsverlagerungen und auf seine Stimme. Luke war wie ein echter Pferdeflüsterer. In den letzten Wochen hatte er auch Mila und Adesso geholfen. Sie hatten vorher schon eine tolle Beziehung gehabt, aber nun verstand Mila ihr Pferd umso besser. Und Adesso sie natürlich auch. Kein Wunder also, dass Franzi sich in ihn verguckt hatte.

Nach und nach trudelten Milas restliche Klassenkameraden ein. Mark und Jakob, die ungleichen Zwillingsbrüder, mit ihren Pferden Feuerfuchs und Windfuchs, Nele auf ihrem Schimmel Fairy, Isa und ihre Stute Melodie und zum Schluss Michel und Pferdinand.

„Hey, was willst du hier?", fuhr Mark Michel an.

Michel blieb ganz ruhig. „Nach was sieht es denn aus? Ich trainiere hier."

Mark trat ganz nah an Michel heran und zischte: „Ich habe aber überhaupt keinen Bock darauf, dass du bei uns mitmachst, verstanden? Wenn du in deinem Schneckentempo durch den Parcours reitest, raubst du uns nur wertvolle Übungszeit. Das nervt mich schon an Mila. Aber dass jetzt auch noch du im Weg stehst, finde ich total beschissen!"

Er packte Michel am Kragen, aber der ließ sich nicht aus der Ruhe bringen und lächelte weiter.

Das schien Mark noch mehr zu provozieren. Sein

Mund wurde zu einem schmalen Strich. „Dein Lachen wird dir schon noch vergehen, dafür sorge ich."

„Willst du mir etwa drohen?", fragte Michel. „Das würde ich an deiner Stelle sein lassen …"

„Lass ihn in Ruhe!", rief Jakob, Marks Zwillingsbruder, und zog Mark von Michel weg. „Was soll das denn?"

Mila klammerte sich erschrocken an Adessos Mähne. Ob die anderen wohl genauso dachten wie Mark? Nein, das konnte sie sich nicht vorstellen. Nicht mal Nele, die ihr am Anfang das Leben im Internat ganz schön schwer gemacht hatte. Ganz plötzlich, als würde sich in Mila ein Schalter umlegen, wurde sie wütend. Und zwar so wütend, dass sie nicht mehr klar denken konnte und ihrem Zorn einfach freien Lauf ließ.

„Du tickst doch nicht mehr richtig!", schrie sie Mark an. „Bist du dermaßen von Ehrgeiz zerfressen, dass du überhaupt nicht raffst, dass Michel und ich gar nicht in derselben Prüfungsklasse wie ihr anderen antreten? Wir sind also keine richtige Konkurrenz für euch. Und wenn du denkst, dass du nicht genug trainieren kannst, brauchst du ja das Gemeinschaftszimmer in den nächsten Wochen abends nicht mehr zu betreten und kannst in der Zeit allein weitertrainieren. Ich werde dich sicher nicht vermissen. Und ich glaube, die anderen können auf Typen wie dich auch gut und gerne verzichten." Mila sprangen vor Zorn Tränen in die Augen.

Michel lief zu ihr. „Coole Ansage, auch wenn das bei der Hitze irgendwie ein Widerspruch zu sein scheint", sagte er lächelnd und legte ihr den Arm um die Schulter. „Hey, du zitterst ja."

Erst jetzt merkte Mila, *wie* aufgeregt und wütend sie war. Michels Arm um ihre Schultern beruhigte sie jedoch fast augenblicklich. Wie machte er das nur? War es seine ruhige Stimme? Oder diese unglaubliche Gelassenheit? Egal, auf jeden Fall tat es gut und die Wutwellen ebbten langsam ab.

„Ja, genau. Tut euch zusammen, dann wird vielleicht mal ein ganzer Reiter aus euch", ätzte Mark weiter.

„Was ist denn hier los?", fragte Luke, der sich auf Jolly Jumper näherte, und den letzten Satz gehört hatte.

„Schon gut", sagte Michel. „Wir haben das schon unter uns geklärt. Alles in bester Ordnung."

Luke musterte Mila, deren Augen rot und verweint aussahen. „Wirklich?", wollte er wissen.

Mila durfte Michel jetzt nicht enttäuschen. Sie zwang sich zu einem Lächeln und versuchte, ihre Stimme so locker wie möglich klingen zu lassen. „Klar, was soll schon sein? Es kann losgehen."

„Äh, Luke, womit eigentlich?", flötete Franzi mit hoher Stimme und legte ihren Kopf schief. Dann schmiegte sie sich an Black Velvets Hals.

Hoppla, dachte Mila. So kannte sie Franzi gar nicht. So schwarz wie ihre Kleidung waren ihre Laune und ihr Humor normalerweise. Das hier war offensichtlich eine ganz neue Seite an ihr. Und die war flirty-rosa-mädchenhaft. Nun gut, Mila sollte es recht sein …

„Tja, ihr könnt euch ja sicher schon denken, dass das hier kein normales Springtraining wird. Ihr erinnert euch hoffentlich alle noch an die Yoga-Stunden. Was war dabei das Wichtigste?" Luke blickte wie ein Oberlehrer in die Runde.

„Geschmeidig und grazil in die Übungen zu gleiten, um gelenkiger zu werden?", schlug Isa vor.

„Ja, Gelenkigkeit ist ein toller Nebeneffekt", meinte Luke, der sich ein Lächeln kaum verkneifen konnte.

„Den eigenen Körper zu spüren?", riet Franzi.

„Sehr gut, Franzi", lobte Luke. „Das ist ganz wichtig beim Yoga. Ganz bei sich zu sein."

Franzi wurde rot wie ein Ampelmännchen.

„Und atmen!“, rief Charly. „Immer schön atmen!“

„Richtig. Ich sehe, die Yoga-Stunden waren nicht umsonst. Heute wollen wir ein wenig Yoga auf dem Pferderücken machen. Spürt euren Körper und spürt den Körper eures Pferdes. Und werdet in der Bewegung eins.“

„Wenn mein Vater wüsste, für welchen Quatsch er hier Monat für Monat sein Geld ausgibt, dann …“, murmelte Mark leise, doch Luke hatte ihn gehört.

„Was wäre dann, Mark?“, fragte Luke kalt. „Wenn du mit den Unterrichtsmethoden hier nicht einverstanden bist, kannst du gerne gehen. Wenn du allerdings hierbleiben möchtest, musst du uns Lehrern vertrauen, dass wir euch und eure Pferde so trainieren, wie wir es für richtig halten. Damit ihr erfolgreiche Springreiter werdet und eure Pferde immer eure Partner und Freunde bleiben.“

Mila nickte. Genau aus diesem Grund hatte sie eingewilligt, hier auf *Inselglück* Springreiten zu lernen. Vorher hatte sie nämlich immer gedacht, Pferdesport und Pferdeliebe wären unvereinbare Gegensätze. Aber hier im Internat war sie eines Besseren belehrt worden.

„Sorry. Alles cool. Ich mach ja mit“, ruderte Mark nun doch etwas zerknirscht zurück.

„Entschuldigung angenommen“, sagte Luke. Dann

wandte er sich an Franzi. „Magst du die erste Übung vorführen?“

„Ich?“, fragte Franzi und wurde schon wieder rot. Dunkelrot. „Echt?“

„Na klar, wieso nicht?“, fragte Luke erstaunt. „Black Velvet und du, ihr seid doch ein eingespieltes Team.“

Franzi nickte nervös und saß auf ihrer Stute auf.

„Leg dich doch bitte einmal mit dem Oberkörper auf Black Velvet, Franzi.“ Er ging zu Franzi und nahm ihre Hand, mit der sie sich in der Mähne der Stute festhielt. „Die Hände bitte seitlich baumeln lassen“, erklärte er weiter. „Diese Übung wird euch vielleicht von eurer ersten Reitstunde bekannt vorkommen. Damals ging es aber in erster Linie darum, nicht vom Pferd zu plumpsen. Das habt ihr mittlerweile hoffentlich alle drauf, oder?“ Luke grinste in die Runde. Mila grinste zurück.

„Heute sollt ihr versuchen, mit eurem Pferd gemeinsam zu atmen. Den Körper, den Willen, die Bewegungen zu spüren. Und im besten Fall mit eurem Pferd zu verschmelzen, wenn ihr versteht, was ich meine.“

Mila verstand das sehr gut. Sie schmiegte sich an Adesso, der sie mit sanften dunklen Augen ansah. Und sie wusste, dass auch Adesso verstanden hatte. Sie hatten eine Verbindung, die stark war. Sehr stark sogar. Wenn sie galoppierten, verschwammen die Grenzen zwischen ihren Körpern immer mehr und es war, als könnten sie gegenseitig die Gedanken des anderen lesen. Ein unglaublich schönes Gefühl! Mila und Adesso – ein Herz, ein Gedanke, ein Ziel!

„Mila? Alles okay?“ Luke stand plötzlich vor ihr. „Willst du es nicht auch probieren?“

„Sorry, ich war total in Gedanken. Logo mach ich mit.“

Zerknirscht schwang sich Mila auf Adessos Rücken und ließ sich nach vorne sinken. Ah, das war noch besser als bei dem Baum. Durch Adessos Bewegungen wurden Milas Muskeln ganz locker und weich und HOPS hüpfte der Muskelkater von ihren Schultern.

Eine Stunde und einige Übungen später beendete Luke die Yoga-Reitstunde. Mila sah sich um. Bis auf Mark, der Feuerfuchs sofort in den Stall führte, wirkten alle gelöst und hatten ein Lächeln auf den Lippen.

„Können wir das öfter machen?“, fragte Franzi schüchtern. „Ich finde, das ist ein toller Ausgleich zum Springtraining.“

„Klar, so ist es gedacht“, antwortete Luke. „Aber denkt

daran. Wir lernen hier nichts, was ihr nicht schon könntet. Ich gebe euch in der Stunde nur den Raum zu entdecken, was alles in euch und euren Pferden steckt.“

Luke schwang sich auf Jolly Jumper. „So, und jetzt ist es wirklich genug für heute. Kümmert euch um eure Pferde und dann nichts wie rein in die Koje. Jolly und ich werden noch ein wenig in den Sonnenuntergang reiten. Nicht wahr, mein Freund?“ Luke beugte sich beinahe unmerklich nach vorne, sah in die Weite und schon galoppierte Jolly los.

„Ist er nicht einfach …“ Franzi rang nach Worten. „… ganz und gar unglaublich?“ Sie seufzte und führte Black Velvet in den Stall, um ihn abzureiben.

Charly sah Mila an und verdrehte die Augen. „Ist Franzi nicht einfach …“ Sie tat so, als müsste sie genau wie Franzi zuvor überlegen. „… unglaublich verknallt?“

„Hey, mach dich ja nicht über sie lustig“, meinte Mila. „Die Arme ist noch schlimmer dran als ich. Luke ist unser Lehrer. Da hat sie doch null Chancen.“ Sie zog Adesso am Stallhalfter von einem saftigen Grasstück weg, das er offensichtlich ziemlich appetitlich fand. „Aber die neuen Rottöne im Gesicht sind zumindest mal eine farbliche Abwechslung zu dem ewigen Schwarz.“ Mila grinste. „Steht ihr richtig gut, finde ich.“

Mila ließ sich im Gemeinschaftsraum aufs Sofa plumpsen und schlug ihr Reittheorie-Buch auf. In diesem Fach musste sie ganz schön viel nachholen. Reiten war hier im Internat ein ganz normales Fach wie Mathe oder Englisch. Man konnte sogar deswegen durchfallen. Lustlos las sie einen Abschnitt über die Halsmuskeln des Pferdes. Durch das geöffnete Fenster drang Jakobs Lachen. Die meisten ihrer Mitschüler saßen draußen um die Holztische im Hof. Kein Wunder, denn erst jetzt waren die Temperaturen erträglich geworden. Doch Mila hatte an diesem Abend keine Lust auf Jakobs ständigen Quatsch und Marks bissige Bemerkungen. Sie starrte ins Buch und musste sich nach ein paar Minuten eingestehen, dass sie ständig den gleichen Satz gelesen hatte. Ihre Gedanken waren immer wieder zu Mama und Papa und ihrem komischen Skype-Gespräch vorhin abgeschweift.

Missmutig schlug sie das Schulbuch zu und tastete nach dem kleinen Hufeisenanhänger, der an einer feingliedrigen Silberkette um ihren Hals hing. Ein Glücksbringer, den ihre Mutter ihr geschenkt hatte. Normalerweise tröstete es Mila, ihn zu berühren. Sie hatte dann das Gefühl, ihren Eltern ganz nahe zu sein. Aber heute war es anders. Das Hufeisen stand irgendwie zwischen ihnen. Genauer genommen nicht das Hufeisen, sondern das Reiten. Dabei hatte das Gespräch ganz lustig begonnen und Mama hatte ihr ein paar Fotos von Alfred, einem Gecko, der wie ein Haustier bei ihnen in Kenia lebte, geschickt. Doch als sie ihnen von ihren Springfortschritten erzählt hatte und dass Tamara fand, dass sie ein großes Talent besaß, hatte Papa total erschrocken geguckt und gesagt, dass sie sich lieber auf Englisch und Mathe konzentrieren sollte, und Mama war plötzlich ganz still geworden. Komisch. Warum freute Papa sich denn nicht? Schließlich hatte er doch auch gewollt, dass sie das Pferdeinternat auf Marum besuchte, solange sie in Kenia waren. Schließlich war es doch irgendwie klar, dass man auf einer Schule, die Springreiter ausbildet, auch Springreiten lernt, oder etwa nicht? Da sollten sie doch eher stolz sein, dass sie und Adesso sich so gut schlugen. Mila spürte, wie sich ihr Magen zusammenzog. Das kannte sie schon – das hieß: Mila-Wut im Anmarsch.

Sie ballte die Fäuste und trommelte aufs Sofa, dass es nur so staubte.

Das war alles andere als ideal, aber so tat sie zumindest niemandem weh. Weder mit Taten noch mit Worten.

Plötzlich ging die Tür auf und Franzi kam herein.

„Boah, Hilfe!“, hustete sie. „Für einen Frühjahrsputz ist es ein wenig spät, oder?“

„’tschuldigung. Ich musste meinen Gefühlen gerade mal freien Lauf lassen.“

„Deswegen bin ich auch hierhergekommen“, sagte Franzi und wedelte mit einem schwarzen Notizheft in der Luft herum.

„Du schreibst Tagebuch?“, fragte Mila erstaunt.

„Hm, seit ich hier bin. Solltest du auch mal probieren. Nichts sortiert die Gedanken und Gefühle besser. Und es staubt weniger!“

Mila musste lachen. Ihre Wut war wie weggeblasen. „Hast recht, vielleicht besorg ich mir auch so ein Buch …“

Franzi setzte sich in einen der grünen Sessel, stöpselte sich die Hörer ihres Handys in die Ohren und vertiefte sich in ihr Tagebuch.

Leise düstere Klänge und eine klagende hohe Frauenstimme drangen zu Mila hinüber. Mila schlug ihr Reittheorie-Buch auf, das mahnend auf dem Tisch lag. Das wäre doch gelacht! Wenn Franzi zu dieser traurigen Musik Liebesgeständnisse in ihr Tagebuch schreiben konnte, dann konnte sie doch wohl trotz Eltern-Ärger ein paar lateinische Halsmuskeln lernen!

Koppel-Theater

„Hey, Adesso, lass das“, brummte Mila und drehte sich auf die andere Seite. „Ich will schlafen.“

„Dich tritt kein Pferd, sondern deine Mitbewohnerin. Und wenn du nicht gleich aufwachst, gibt es kein sanftes Schulterrütteln mehr, sondern einen nassen Waschlappen ins Gesicht“, sagte Nele genervt. „Ich versuche seit einer Viertelstunde, dich wach zu bekommen. Es ist schon zehn vor acht!“

Oh nein, nicht schon wieder! Mila rappelte sich auf und überlegte, was sie nun zuerst tun sollte. Anziehen? Waschen? Tasche packen? Am besten alles auf einmal. Sie sauste los und murmelte Nele zu, die immer wieder auf ihre Armbanduhr sah und ungeduldig von einem Bein aufs andere trat. „Du kannst schon los. Ich schaff das schon.“

Nele zuckte erleichtert mit den Schultern. „Okay, dann bis gleich!"

Zum Glück. Eine mies gelaunte Nele hätte sie jetzt nicht auch noch brauchen können. Mila und ihre Zimmergenossin Nele trugen zwar keine Kämpfe mehr aus – die Mauer aus Cavalettis, die noch vor ein paar Wochen die Zimmerhälften geteilt hatte, war abgebaut –, aber beste Freundinnen waren sie noch lange nicht.

Drei Minuten später schlüpfte Mila zur Klassenzimmertür herein. Gerade noch rechtzeitig, bevor Mister Green den Unterricht begann. Absolute Spitzenrekordzeit!

Sie kramte ihr Heft und ihr Buch aus dem Rucksack. Den Heftseiten hatte der übereilte Aufbruch allerdings weniger gutgetan. Fünf Eselsohren in drei verschiedenen Größen. Mist. Fahrig versuchte Mila, die Seiten glatt zu streichen und gleichzeitig so auszusehen, als bereite sie sich auf den bevorstehenden Unterricht vor.

„Mila, kommst du mal bitte zu mir?", bat Mister Green sie mit seiner warmen dunklen Stimme.

Sie erschrak. Das hieß nichts Gutes. Aber sie konnte sich beim besten Willen nicht vorstellen, was sie angestellt hatte.

Mila hob den Blick und ging langsam nach vorne. Zu allem Unglück musste sie direkt an Jan vorbei, der gerade die seitliche Tafel wischte und sie fröhlich anlächelte. Mila lächelte zurück, versuchte aber, nicht in seine wunderschönen braunen Augen zu sehen.

„Mila", sagte Mister Green und deutete auf Milas letzten Vokabeltest, auf dem eine Vier minus prangte. „Ich weiß, dass du in den letzten Wochen viel Neues zu lernen hattest. Deine Leistungen in Englisch sind zwar besser geworden, aber du kratzt immer noch an der Fünf herum. Ich würde dir gerne etwas vorschlagen: Was hältst du davon, ein Extra-Projekt in Englisch zu machen? Ich könnte dir dafür eine gute Note eintragen. Und ich habe mir überlegt, dass Jan dabei dein Tutor sein könnte. Was meinst du, Jan?"

Jan legte den Kopf schief und sagte: „Kein Problem. Das wäre cool."

Mila wusste weder, was sie sagen sollte, noch, was sie denken sollte. Einerseits hatte sie mehr als genug mit dem Reiten und dem restlichen Schulkram zu tun und die Jan-Hubschrauber in ihrem Bauch würden dann auch nicht landen. Im Gegenteil. Andererseits: Die Sorge um den Englisch-Fünfer wäre sie dann endlich los …

„Hey, du musst nicht gleich dein ganzes Gesicht in Falten legen! So schwer ist die Entscheidung nun auch nicht“, lachte Jan und stupste sie am Arm an. „Ich hab auch schon eine Mega-Idee für das Projekt. Ich sage nur: horses, Shakespeare and love … everlasting but deadly love.“ Dabei sah er Mila erst schmachtend an und grinste dann breit.

„Klingt … awesome“, sagte Mila und deutete dann auf die Tafel, an die Mister Green gerade schrieb. „Aber bevor wir mit den großen Themen des Lebens anfangen können, gibt es offensichtlich erst mal eine kleine Portion unregelmäßige Verben.“

Es hörte nicht auf. Weder im Lauf des Schulvormittags noch am Nachmittag, als Mila Hausaufgaben machen wollte. Ihr Herz klopfte und klopfte wie ein kleiner Specht gegen ihren Brustkorb und ihre Hände zitterten so, dass an eine leserliche Schrift nicht zu denken war. Jans Vorschlag, Mister Green zu beeindrucken, indem sie die Balkonszene aus *Romeo und Julia*, dem Theaterstück, das sie in den letzten Wochen als Lektüre gelesen hatten, einstudierten, hatte Mila gefallen. Noch besser hatte sie die Idee gefunden, das ganze unter freiem

Himmel und zu Pferd aufzuführen. Doch die Aussicht, mit Jan diese romantische Szene zu spielen, hatte ihr Gefühlsdurcheinander nur noch verschlimmert.

Mila kannte nur ein Heilmittel, das immer half. Ihre beiden Pferde. Also beschloss sie, die Hausaufgaben Hausaufgaben sein zu lassen und vor dem Springtraining eine ausgiebige Schmusestunde mit Adesso und Renate einzulegen.

Die Sonne brannte beinahe noch stärker als gestern. Mila stöhnte. Obwohl sie so wenige und so langsame Bewegungen machte, wie nur möglich, war sie nach kurzer Zeit völlig verschwitzt und ganz klebrig. Auch im Stall wurde es nicht besser. Die Luft war stickig und staubig. Mila warf einen Blick in Adessos und Renates Box. Sie war leer.

Na, dann waren die beiden wohl auf der Weide. Mila wollte gerade auf die Koppel gehen, als Michel aus dem Büro, das Herr Gründgen in einem Extraraum im Stall eingerichtet hatte, kam. Offensichtlich hatte er für seinen Vater Papierkram erledigt. Mila wunderte sich, dass Michel all die verschiedenen Aufgaben so mühelos schaffte. Er war ein Superschüler, half seinem Vater, dem Stallmeister Steffen Gründgen, wo er nur konnte, sowohl im Büro als auch bei der Betreuung der wertvollen Pferde. Und seit Neuestem durfte er nicht nur die Schule des Internats besuchen, sondern auch am Reittraining teilnehmen. Er besaß zwar kein eigenes Pferd, aber er durfte Pferdinand, einen wunderschönen und talentierten Apfelschimmel, der dem Internat gehörte, reiten.

„Hi, Michel“, grüßte Mila.

„Hi zurück“, sagte Michel fröhlich und ging zu ihr in die Box. „Schön dich zu sehen.“ Er musterte Milas rotes, fleckiges Gesicht. „Du siehst ganz schön fertig aus. Ich hoffe, du nimmst dir Marks blödes Gelaber von gestern nicht so zu Herzen.“

„Na, du wirfst ja mit Komplimenten um dich. Von denen träumt wirklich jedes Mädchen – allerdings nur, wenn es vorhat, Karriere in einem Zombiefilm zu machen …“, antwortete Mila bissig. „So sehe ich eben bei 40 Grad im Schatten aus. Da werden meine Umrisse unscharf, weil ich schmelze.“

Michel zuckte mit den Schultern und sah Mila mit sanften Augen an. „Ich wollte dich nicht verletzen. Ich finde dich immer scharf, äh … ich meine, ich finde dich immer hübsch. Aber Mark ist einfach ein echter Kotzbrocken. Ich wollte nur sichergehen, dass du okay bist.“

„Ich glaube, sein Vater verlangt von ihm und Jakob, dass sie überall die Besten sein müssen. Mark hat's auch nicht leicht …", begann Mila zu erklären.

„Hör mir bloß damit auf. Jeder hat hier seine Probleme. Und Jakob benimmt sich auch nicht so arschig, obwohl er denselben Vater hat. Das ist keine Entschuldigung!"

„Michel hat recht", tönte es aus der Stallgasse.

Jan!, dachte Mila erschrocken. Was machte der denn hier? Normalerweise war er doch um diese Zeit bereits zu Hause auf dem Islandhof. War sie denn nirgends sicher? Allein Jans Stimme spülte ihr ganzes Gehirn leer. Sie suchte nach Worten, fand aber keine. Oder zumindest keine sinnvollen.

„Womit *genau* hab ich recht?" Michel linste über die Boxentür.

„Mit allem, natürlich", meinte Jan. „Aber vor allem mit den Problemen, die jeder hat. Allerdings habe ich gerade eins, von dem ich hoffe, dass du mir dabei helfen kannst. Uns sind ein paar Fliegenschutzmasken für die Pferde kaputtgegangen und in Ritteck sind sie zurzeit ausverkauft. Habt ihr noch welche, die ihr gerade nicht braucht?" Jan guckte nun seinerseits über die Boxentür und sah Mila an, die mit geschlossenen Augen an der

Wand lehnte. „So wird das heute aber nichts mehr mit 'ner Probe. Holde Julia, du hängst ja voll in den Seilen. Eigentlich wollte ich dich gleich entführen… Aber die Konkurrenz ist wohl groß …"

Mila war schwindelig. Und heiß. Ob die Hitze oder Jan der Grund war, konnte sie beim besten Willen nicht mehr auseinanderhalten. „Ich hab Springtraining", sagte sie. „Und mir ist schrecklich heiß. Aber morgen könnte ich mit Adesso zu euch rausreiten."

„Könnt ihr das woanders klären?", fuhr Michel plötzlich dazwischen. „Ich muss noch andere Dinge erledigen. Jan, brauchst du jetzt Fliegenmasken oder eine Julia?"

„Beides, aber die Fliegenmasken sogar ein wenig dringender", sagte Jan übertrieben fröhlich und versuchte, seine Verwunderung über Michels unfreundlichen Ton zu überspielen.

„Dann komm", forderte Michel ihn auf. „Wir haben einige, die wir euch leihen können."

Mila seufzte. Mannomann! Konnte das Leben kompliziert sein …

Sie ging auf die Weide hinaus und sobald Adesso sie gesehen hatte, kam er auf sie zugetrabt. Mila kramte in der Tasche ihrer Reithose nach einem Stück trockenem Brot.

„Du weißt, wer dir die besten Leckerli mitbringt, stimmt's, mein Schöner?", flüsterte sie, als Adesso das Brot mit seinem weichen Maul aus Milas Hand nahm und mit einem Haps wegknabberte. Sie strich ihm über die schwarze seidige Mähne und entfernte ein paar Strohhalme. „Wo ist denn die kleine Dicke überhaupt?"

Als hätte sie Milas Frage gehört, kam das Mini-Appaloosa aus dem Dickicht der Bäume, die am anderen Ende der Weide standen, angewetzt. Es war einfach zu niedlich, wie sie mit ihren kurzen Beinen galoppierte und ihre Mähne dabei im Wind wehte. Mila kniff die Augen zusammen, um besser sehen zu können. Oh nein! Konnte das sein …? Doch! Es gab keinen Zweifel. Renate trug eine Taucherbrille auf der Stirn und ihre Mähne war an der Stirn zu drei senkrecht nach oben stehenden Zöpfen gezwirbelt worden. Renate war ein Minion! Tini hatte mal wieder ganze Arbeit geleistet. Nur hatte sie offensichtlich vergessen, das arme Pony wieder von der Verkleidung zu befreien.

„Komm her, kleine Gescheckte", begrüßte Mila Renate und zog ihr vorsichtig die Taucherbrille von der Stirn. „Dieses Ding hier ist doch bestimmt unangenehm." Dann versuchte sie, die Zöpfe zu entwirren. Sie zerrte und entknotete, doch das Haarkunstwerk ließ sich nicht so leicht auflösen. Mila beschloss, die Haarpflege Tini zu überlassen. Im Gegensatz zur Taucherbrille würden die Zöpfe Renate wenigstens nicht stören.

Mila setzte sich auf das unregelmäßig abgefutterte Gras und beobachtete ihre beiden Pferde. Ein ganz und gar ungleiches Freundespaar. Renate: dick, niedlich und gescheckt, gerade mal so groß wie eine Riesendogge. Und Adesso, der edle braune Hengst mit dem glänzenden Fell und dem vielversprechenden Körperbau, der wie fürs Springen gemacht war. Und trotz dieser Gegensätze waren sie einfach unzertrennlich. Mila lächelte. Plötzlich waren all die Gedanken um ihre Eltern, Michel und Jan wie weggeblasen. Sie wusste nicht, warum. Wie von selbst wurde ihr Lächeln zu einem Grinsen und das Grinsen zu einem Kichern. Als Adesso und Renate sie neugierig beschnupperten, lachte sie nur noch lauter. Sie konnte gar nicht mehr aufhören.

„Alles klar mit dir?“, fragte Michel, der auf die Koppel gekommen war. „Das klingt wie ein typischer Fall von Sonnenstich.“

„Ja, ja, ja, alles klar! Es ist mir noch nie besser gegangen“, japste Mila. „Alles in bester Ordnung.“

Stolpersteine

„Ihr reitet zu unkonzentriert!“, rief Tamara, die mit Käppi und einem gefalteten Papier, das sie als Fächer benutzte, auf dem Reitplatz stand. „Die Feinheiten sind ausschlaggebend für einen fehlerfreien Ritt. Und genau diese Feinheiten entscheiden später, ob ihr eine Chance auf den Olympiakader habt oder nicht.“

Mila schnaufte. Plötzlich war ihre Kicherlaune wie weggeblasen.

„Na, die hat ja heute einen Ton drauf“, maulte Charly, die vor Mila ritt. „Wie ein Feldwebel.“

„Das Knie, Franzi! Wie oft muss ich dir das noch sagen?“, schrie Tamara nun. Franzi tat Mila leid, aber sie war froh, dass Tamara offensichtlich nicht bemerkt hatte, dass Adesso schon drei Mal gestolpert war. Das war ihm in letzter Zeit häufiger beim Training passiert. Mila versuchte, Adesso mehr von der Hinterhand aus zu reiten. Bestimmt war eine zu starke Belastung der Vorderhand der Grund, warum Adesso immer wieder aus der Balance geriet. Hoffentlich passierte das nicht, wenn sie jetzt allein den Parcours ritten.

Mila konzentrierte sich und galoppierte los. Das erste Hindernis, eine Triplebarre, nahm Adesso mühelos. Doch dann, als Mila auf den Oxer zuritt, strauchelte Adesso wieder. Mila galoppierte am Oxer vorbei und parierte durch.

„Mila, komm mal rüber, ich muss mit dir reden", bat Tamara. Diesmal klang sie nicht genervt, sondern eher besorgt. Dann wandte sie sich an die anderen: „Jeder trainiert bitte in dieser Zeit für sich."

„Toll, dann bekommt Mila also wie immer eine Extrabehandlung", zischte Nele. „Na ja, das sind wir ja schon gewohnt."

Tamaras Blick verfinsterte sich. „Nele, solche Kommentare kannst du dir sparen. Wir alle haben in den letzten Wochen viel Rücksicht auf dich und Fairy genommen. Und wir freuen uns, dass es deiner Stute wieder gut geht. Aber nun Mila anzufahren, ist sehr unfair. Schließlich war sie es, die deine Fairy gerettet hat!"

Nele kniff wütend die Augen zusammen. „Das heißt aber noch lange nicht, dass ich ihr bis ans Lebensende dankbar sein muss. Dass du dich viel mehr um Michel und Mila kümmerst, ist uns anderen gegenüber nämlich auch sehr unfair."

„Nele, du hast für heute Platzverbot", verkündete Tamara streng. „Reg dich erst einmal ab und überleg dir, was du mir hier vorwirfst. Ich setze mich nämlich für euch alle ein und möchte jedem gerecht werden, verstanden?"

Nele schwang sich von Fairy und führte die weiße Stute beleidigt vom Platz.

„Vielleicht sollten Michel und ich nicht mehr in dieser Gruppe mittrainieren", sagte Mila leise zu Tamara. „Die anderen mögen es nicht. Sie denken, wir bremsen sie. Und irgendwie stimmt das auch. Michel und ich müssen noch so viel lernen. Ganz grundlegende Dinge …"

„Das ist doch Quatsch", unterbrach Tamara sie. „Ihr seid schon so gut, dass ihr überhaupt nicht stört. Im Gegenteil. Ich finde, die anderen können von euren Fehlern sogar lernen. Mach dir mal keine Gedanken. Nele und Mark laden nur ihren Frust und ihre Unsicherheit bei euch ab. Und ich werde dafür sorgen, dass sie das in

Zukunft nicht mehr tun." Dann wurde die Reitlehrerin ernst und nahm Mila zur Seite. „Allerdings muss ich mit dir über Adesso sprechen. Du hast sicher bemerkt, dass er in letzter Zeit häufig stolpert."

Mila erschrak. Also hatte nicht nur sie Adessos merkwürdiges Straucheln bemerkt. Sie nickte.

„Ich mache mir Sorgen. Wir müssen den Grund dafür finden. Ich habe nicht den Eindruck, dass du ihn zu stark auf der Vorderhand reitest. Vielleicht ist es eine Blockade des Zungenbeins. Oder Adesso ist müde und überfordert. Möglicherweise waren die letzten Monate ein bisschen heftig für ihn. Schließlich ist er so intensives Training nicht gewöhnt. Mach Schluss für heute und geh mal zu Luke, ja?"

Mila stiegen Tränen in die Augen. Sie fühlte sich schuldig. Natürlich mussten sie herausbekommen, warum Adesso immer wieder stolperte. Und sie hatte es aus Scham verstecken wollen. Mila kuschelte sich an Adessos Hals. Sie wollte doch, dass es ihm gut ging. Da war das Training doch völlig egal!

Sie wischte sich über die Augen, führte Adesso vom Reitplatz und ging zu Luke hinüber, der sich auf dem Hof mit Steffen Gründgens unterhielt.

Sie musste wohl ziemlich ängstlich ausgesehen haben, denn Luke unterbrach sofort das Gespräch und fragte: „Was ist denn passiert? Du siehst aus, als wäre dir Adesso über die Leber galoppiert."

„Eher über die Leber gestolpert." Schon wieder stiegen Mila Tränen in die Augen und diesmal ließ sie ihnen freien Lauf. „Ich weiß nicht, was mit ihm los ist. Beim Springtraining strauchelt er dauernd. Tamara hat irgendetwas gesagt von einem Zungenknochen, oder so."

„Zungenbein", berichtigte Luke. Er ging zu Adesso und zeigte auf eine Stelle am Hals. „Das ist ein kleiner Knochen, der leicht blockiert und Muskelverspannungen auslöst. Wenn das passiert, ist die Balance des Pferdes gestört. Das könnte die Ursache für Adessos Stolpern sein." Er tastete vorsichtig die Stelle ab und murmelte: „Wie ich es mir gedacht habe. Eine Blockade. Aber das kriegen wir schon wieder hin."

Adesso hielt völlig still, als Luke mit gekonnten Handgriffen die Blockade löste. Mila kam es so vor, als verstünde Adesso, dass Luke ihm helfen und von den Schmerzen befreien wollte.

„So, das war's auch schon", sagte er nach einer Weile. „Jetzt ist dein Liebling fast wieder wie neu!"

Mila war erleichtert. Wenn Luke schon wieder so freche Sprüche losließ, war die Sache wohl tatsächlich nur eine Kleinigkeit gewesen.

„Aber versprich mir, dass du ihn heute schonst, ja. Und nimm die Zügel auf keinen Fall hart. Sonst kann so eine Verspannung ganz leicht noch einmal eintreten."

„Dann kann ich doch heute Nachmittag zu Jan auf den Islandpferdehof reiten", meinte Mila und war insgeheim froh, das restliche Springtraining schwänzen zu können. „Und ich nehme Tini und Renate mit. Die drosseln das Tempo auf ganz natürliche Weise." Sie grinste.

„Mach das. Tolle Idee. Und es freut mich, dass du dich gut mit Jan verstehst."

Mila sah Luke fragend an. „Wieso?"

„Weil Jan Pferde wichtig sind und nicht Siege. Und weil diese Haltung die richtige im Pferdesport ist." Luke tätschelte Adessos Kruppe. „Weißt du, wenn man nur noch ein Ziel im Kopf hat, ist es so, als würde man durch einen Tunnel rasen und nicht bemerken, was rechts und links für wunderbare Dinge passieren, die das Leben bereichern."

Mila verstand, was Luke ihr damit sagen wollte.

„Hab Dank für Rat und Tat", meinte sie.

Nun war der nachmittägliche Ausflug zu Jan doppelt und dreifach abgesegnet: Offiziell würde sie ihr Englisch aufpolieren, ihren Ehrgeiz ein bisschen drosseln und Adesso ein wenig Ruhe gönnen. Und wer etwas anderes vermutete, dem würde sie es genau so erklären.

Dass sie allerdings auch deswegen auf den Besuch hin fieberte, um Jans Lächeln und seine lustigen Sommersprossen zu sehen, behielt Mila lieber für sich.

Renate und Romeo

„Und weißt du schon, wie das genau ablaufen soll?“, fragte Tini aufgeregt.

„Nö, ich weiß nur, dass Jan vorhat, zwei Szenen aus *Romeo und Julia* auf Englisch zu spielen. Auf den Pferden.“

„Wie cool. Ich werde zwar nichts verstehen, aber Adesso und Fenja bestimmt auch nicht.“

Renate schnaubte und Tini strich ihr über die Mähne, die nun Minionzopf-frei war.

„Ach, hab ich dich vergessen? Ja, du wirst auch kein Wort verstehen. Keine Sorge. So, wie es aussieht, sind wir in der Überzahl“, beruhigte Tini sie.

Sie ritten schweigend weiter und Mila genoss die Ruhe, die nur durch das Kreischen von ein paar sich jagender Möwen unterbrochen wurde.

Tini summte ein Lied und ab und zu schnaubte eins der Pferde. Mila freute sich auf den Nachmittag mit Jan, aber sie war auch froh, mal Abstand vom Trubel des Internats und der anderen Reiter zu gewinnen.

Der leichte Wind, der auf Marum immer wehte, zerzauste ihr die langen braunen Haare und machte die Hitze unter der Reitkappe erträglicher.

Sie ritten durch die Dünen, auf denen Berge an Strandhafer wuchsen, und nach einer Viertelstunde kam die Weide der Islandponys in Sicht. Der Reiterhof, auf dem Jan mit seinen Eltern wohnte, lag dahinter – eingeschmiegt in einen kleinen Hügel. Mila erinnerte der Hof ein bisschen an Bullerbü. Die Gebäude waren zwar nicht aus Holz, aber das Rot der Backsteine glänzte wunderschön in der Junisonne. Richtig gemütlich und einladend. Am allergemütlichsten aber war die Küche der Familie Petersen. Verrückt bunt und mit einem offenen Kamin, der perfekt war, um darum herum zu sitzen und zu quatschen.

„Hallo, Sindri! Hallo, Baldri!“, rief Tini, als zwei braunweiß gescheckte Islandponys mit erhobenen Köpfen und wehenden Mähnen auf sie zu galoppierten. Sie legte ihren Kopf an Renates Hals und flüsterte: „Wenn du dich mit denen unterhalten willst, musst du nicht so arg hochschauen. Ist doch auch mal ganz nett."

Mila kicherte. Tini war wirklich zu niedlich. Ihre kleine Cousine war einfach ein echter Glücksfall.

Sie stieg ab und strich Tini übers Haar. „Hab ich dir eigentlich schon mal gesagt, dass ich dich echt lieb hab?"

Tini blieb auf Renate sitzen und schlang ihre kleinen Arme um Milas Bauch. „Ich dich auch, Mila. Ich bin ganz doll froh, dass du da bist!", sagte sie und drückte sich fest an sie.

Mila nahm Tinis Gesicht in die Hände und schmatzte ihr ein Bussi auf die Nase. „Mmh, du riechst nach Himbeeren."

„Mein neuer Lippenstift. Der war in der *Cindy*. Der Artikel ‚Dein Pferd und du – so macht ihr das Beste aus eurem Typ!' war ziemlich interessant. Wenn du magst, leihe ich sie dir."

„Ach, du weißt doch, Adesso ist völlig uneitel", meinte Mila gedehnt. „Aber ich könnte mir gut vorstellen, dass Isa Interesse hätte."

„Von der *krieg* ich doch die *Cindy* immer. Mama ist total gegen diese Zeitschrift. Voll blöd …"

Mila verschwieg, dass sie Tante Caro sehr gut verstehen konnte. Diese Zeitschrift wimmelte nur so von hippen Pferdemädels, die nichts anderes im Kopf hatten als ihr Styling und die neuesten Flechtfrisuren für Pferd und Mensch. Um das Thema zu wechseln, wandte sich Mila Sindri und Baldri zu.

„Könnt ihr uns vielleicht sagen, wo Jan ist? Den suchen wir nämlich."

Sindri und Baldri spitzten aufmerksam die Ohren, als sie den Namen „Jan" hörten. Dann sahen sie sich an und machten kehrt. Sie tölteten am Zaun entlang in Richtung Hof.

„Das ist mal eine eindeutige Antwort", sagte Mila und schwang sich wieder auf Adessos Rücken.

„Hey, cool, konntest du doch kommen?" Jan hatte einen großen Besen in der Hand und fegte das Kopfsteinpflaster des Hofs. „Ich mach gerade alles bereit für ein bisschen Pferde-Wellness. Es ist so heiß heute, da wollte ich die Pferdedusche anschmeißen."

„Gute Idee. Ich befürchte nur, dann hast du jetzt zwei Pferde mehr abzubrausen", sagte Mila und stieg ab.

„Und zwei Menschen!", rief Tini. „Mir ist auch brüllend heiß."

Jan lachte, stellte den Besen zur Seite und drückte Mila einen Schlauch in die Hand. „Kein Problem. Dann fang mal mit Tini an. Und ich hole in der Zwischenzeit die ersten Pferde von der Weide.“

Mila stellte die Düse des Schlauchs auf Sprühnebel und hielt ihn nach oben. Ah, das tat gut. Die feinen Wassertropfen legten sich wie ein kühlender Schleier auf die Haut. Adesso und Renate traten heran und stellten sich in den künstlichen Sommerregen.

Tini breitete die Arme aus und drehte sich um sich selbst.

Erst als allen die Haare nass und strähnig herunterhingen, stellte Mila das Wasser ab.

Jan führte ein cremefarbenes und ein schwarzes Islandpferd in den Hof. Die schwarze Stute kannte Mila schon. Das war Fenja.

„Ich sehe, die Internatsmannschaft hat ihre Abkühlung bereits bekommen. Jetzt sind Fenja und Lykka dran.“

Aha, dachte Mila. Die cremefarbene Isländerin hieß also Lykka. Schöner Name. Sie richtete den Wasserschlauch auf Lykkas Fesseln und rief: „Wasser marsch!“

Mila sah auf die Armbanduhr. Was? Schon vier Uhr? Sie hatte überhaupt nicht gemerkt, wie die Zeit vergangen war. Es hatte total viel Spaß gemacht, die Pferde zu duschen. Manche von ihnen waren richtige Wasserratten und hatten sogar mit dem Wasserstrahl gespielt. Andere hatten sich erst an das kühle Wasser gewöhnen müssen und waren nervös hin und her getrappelt. Natürlich hatte Mila sorgfältig darauf geachtet, dass das Wasser nicht zu kalt war. Das mochte nämlich kein Pferd.

„Wollen wir mal langsam dramatisch werden?“, fragte Mila.

„Ja, genau, ich will Romeo sein und Renate ist Julia.“ Tini kniete sich vor Renate hin und rief: „Oh geliebte Julia mein, willst du die Chefin meiner Weide sein?“

Julia alias Renate sah Tini verwundert an und begann, an ihrem Ohr zu schnuppern. Dabei schubste sie Tini an. Nur ganz leicht, aber es genügte, um Tini, die im Ausfallschritt kniete, aus dem Gleichgewicht zu bringen.

„Ahh“, machte Tini und knallte auf den Boden. „Du bist zu ungestüm, meine Julia, nun tut es mir weh und zwar genau da!“ Sie rappelte sich hoch und zeigte auf ihren Po.

Renates Blick verriet keinerlei Reue. Im Gegenteil. Interessiert schnupperte sie nun an Tinis Hinterteil.

„Oh, lass das“, sagte Tini nun doch ein wenig ärgerlich. „Du bist überhaupt keine gute Julia.“

„Wieso, ich finde sie absolut umwerfend in ihrer Rolle“, meinte Mila und hielt sich die Hand vor den Mund, um nicht laut loszulachen.

Jan sah Mila von der Seite an. Und zwar auf eine Art, bei der es Mila heiß und kalt und zittrig und ruhig zugleich wurde.

„Du hast den besten Humor von allen Mädchen, die ich kenne“, gestand er anerkennend. „Aber ich bin wohl nicht der Einzige, der das erkannt hat. Michel hat dir das bestimmt auch schon gesagt.“

„Ähh … ähh“, stammelte Mila und wollte etwas erwidern. Doch da war nichts. Mal wieder. Ebbe. Nichts. Nicht mal ein paar Buchstaben, die sie irgendwie zusammenpuzzeln konnte. Selbst als Jan zu Fenja ging, die er nicht zurück auf die Weide gebracht, sondern an einem schattigen Plätzchen im Hof angebunden hatte, stand Mila stocksteif da und wartete. Zum einen, dass ihre Gesichtsfarbe wieder normal werden würde, und zum anderen, dass sie wieder zusammenhängende Sätze sprechen konnte. Allerdings überschlugen sich ihre Gedanken … Ein Ameisenhaufen aus Durcheinandergedanken.

Erst dieses wunderbare Kompliment … Und dann dieser blöde Kommentar über Michel, der alles wieder kaputt gemacht hatte. Arghhh!

„Kommt mit auf die Weide!“, rief Jan in diesem Moment und riss Mila aus ihrem Gefühlschaos. „Dann kann ich euch erklären, was ich mit dem Pferde-Theater meine.“

Pferde-Theater? Ach ja. Genau. Sie war wegen der Englischnote da. Wegen nichts anderem. Und jetzt laufen, Mila!, ermahnte sie sich selbst. Immer ein Fuß vor den anderen. Schön an Adesso festhalten. Und los!

„Das klappt super. Und jetzt stell dich auf Adessos Rücken, als wäre Adesso ein Balkon in Verona.“ Jan klatschte begeistert in die Hände.

Mila richtete sich auf. Das fühlte sich viel weniger wackelig an, als sie befürchtet hatte. Die Yoga-Stunden hatten offensichtlich ihre Wirkung nicht verfehlt.

Jan reichte Mila ein zerknittertes Stück Papier. „Hier“, sagte er. „Lies.“

„O Romeo, Romeo! Wherefore art thou Romeo? Deny thy father and refuse thy name. Or, if thou wilt not, be but sworn my love, And I'll no longer be a … OOPS!*“*

Adesso hatte sich langsam in Bewegung gesetzt und Mila hatte sich gerade noch an seiner Mähne festhalten können. Der Zettel flatterte auf den Boden.

Jan hob ihn auf und gab ihn Mila zurück. „Ich Armer. Ich bin also unsterblich in eine ‚Oops' verliebt. Ob das wohl gut geht?"

„Nee, das geht es ja eben nicht", quäkte Tini von irgendwoher. „Weißt du denn gar nichts? DIE STERBEN! BEIDE!"

„Na, zum Glück haben wir dich. Sonst hätte es aus Versehen noch ein Happy End gegeben", antwortete er und sah sich um, konnte aber weder Tini noch Renate entdecken. „Wo steckst du überhaupt?"

„Hier!"

Jan sah sich noch einmal verwirrt um. „Hä?"

Mila deutete auf ein kugeliges Gestrüpp, das mitten auf der Weide stand. „Darf ich vorstellen? Tini und Renate – als Busch nehme ich mal an."

Tini ließ den großen Ast sinken, den sie sich vors Gesicht gehalten hatte und winkte. „Ich bin drei in eins", verkündete sie. „Ein Busch, eine Einsagerin und diese Nachtigall, die später kommt, die aber eigentlich eine Lerche ist."

„Zwei von dreien nehmen wir“, sagte Jan begeistert. „Den Busch und die Lerchen-Nachtigall. Aber Einsagerin geht nicht. Der Text ist ganz altes Englisch. Du hast doch noch gar kein Englisch, oder?“

„Wieso?“, fragte Tini erstaunt. „Dann buchstabiere ich es halt. Kein Problem.“ Und SCHWUPPS verschwand sie wieder hinter ihrem Blätterdach.

„Well. Dann haben wir nun ein Mädchen und ein Pferdchen für alles. Uns kann nichts mehr passieren.“ Jan grinste Mila an. „Und zusätzlich habe ich in dir noch eine echt gute Freundin, mit der man Pferde stehlen kann.“

PATSCH! Die Worte klatschten auf Mila nieder wie ein Schwall Eiswasser in einer kühlen Novembernacht. *Gute Freundin? Pferde stehlen?* Nein, bitte nicht ... Nicht dieser Satz. *Der* Satz, der alle romantischen Hoffnungen auf Nimmerwiedersehen unter sich begrub. Klar wollte sie gerne Jans beste Freundin sein. Und ja, wenn Pferdestehlen anstand, war sie sicher auch dabei. Aber was sie eigentlich wollte, war, dass er sie wieder auf diese ganz spezielle Art ansah. Sie in den Arm nahm. Ganz lange. Und ganz fest. So, dass sie seine Sommersprossen zählen konnte. Jede einzelne. Sie erschrak. Moment mal. Gestern hatte sie Charly noch gefragt, wie sie am besten ihre Gefühle für Jan loswerden konnte. Und heute? Wünschte sie sich nichts mehr, als dass Jan das Gleiche für sie empfand wie sie für ihn? Herrje, war das alles kompliziert …

Mila war plötzlich schlecht. Sie zog den Gummi an ihrem langen braunen Zopf fester und versuchte ruhig zu atmen. Dann lächelte sie. Ein schiefes Lächeln zwar – aber ein Lächeln.

„Schön, dass du das sagst", presste sie tapfer hervor. Sie hielt sich das Blatt vor die Nase und stellte sich auf Adessos Rücken. „Lass uns mal weitermachen, oder?"

Eineinhalb Stunden später hatte Mila eine ganz pelzige Zunge. Dieser altenglische Text hatte doch ungefähr doppelt so viele „th's" wie ein normaler englischer Text! Trotz des Gefühlsschocks am Anfang hatte es doch ziemlichen Spaß gemacht, die Szene zu proben, und vor allem war es lustig gewesen, die Pferde als Komparsen zu verwenden.

Nur Renate war es zu langweilig geworden. Sie hatte nach einer halben Stunde genug von der Busch-Verkleidung gehabt und hatte sich in die hintere Ecke der Weide zu den anderen Islandpferden verkrümelt.

Tini jedoch hatte ganz wunderbar und an der richtigen Stelle gezwitschert und hatte sich auch in der Rolle des laufenden Buschs alle Ehre gemacht.

Obwohl es schon später Nachmittag war, war es immer noch drückend heiß.

„Ich brauche dringend ein bis zwei Fässer Wasser“, stöhnte Mila und ließ die Zunge heraushängen. „Meine FFunge iff ganfff franffig!“

„Kein Problem, dann machen wir Schluss für heute“, sagte Jan. „Das wird super. Und deine Aussprache ist richtig gut, Mila.“

Tini ließ die Zweige fallen und kam auf Mila und Jan zu. „Find ich auch. Das hat total englisch und total uralt geklungen.“

„Herzlichen Dank für dieses Kompliment“, meinte Mila trocken. „Ich wollte schon immer nichts lieber als eine uralte englische Julia auf einem ‚pferdigen‘ Balkon sein.“

„Na, siehste. So schnell gehen Träume in Erfüllung.“ Tini wippte zufrieden auf und ab.

Leider nicht alle, dachte Mila traurig.

„Renate!“, rief Tini das kleine Mini-Pony. „Wir gehen. Komm, meine Kleine!“

Sie warteten. Doch keine Spur von Renate.

Mila lachte. „Die kann sich bestimmt nicht von ihren neuen Freunden trennen.“ Sie hielt die Hände wie einen Trichter vor den Mund und trompetete: „RENATE!“

Statt Renate kam Sindri auf sie zugelaufen. Sie wackelte nervös mit den Ohren und schien ihnen etwas sagen zu wollen. Jan ging auf die Stute zu und strich ihr über den Nasenrücken

„Was ist?“, fragte er Sindri. „Wo bleibt Renate denn?“

Sindri machte kehrt und trabte wieder zu den anderen zurück.

„Da stimmt was nicht“, meinte Jan. „Ich gehe mal nachsehen.“

„Wir kommen mit“, sagte Tini entschlossen und nahm Mila an die Hand.

Ein schrecklicher Unfall

Mila sah sie schon von Weitem auf dem Boden liegen. Nein, bitte nicht, flehte sie innerlich. Nicht mein kleines Pony!

Sie rannte mit Tini immer noch an der Hand los und schrie: „Renate!“

Tini fing an zu weinen und stolperte neben Mila her. „Was ist mit ihr?“, fragte sie wieder und wieder.

„Das werden wir gleich wissen“, sagte Jan und versuchte dabei so ruhig wie möglich zu klingen.

Mila riss sich von Tini los und kniete sich neben Renate, die sich immer wieder hin und her wälzte. „Sie hat Schaum vor dem Mund. Ihr Bauch ist ganz aufgedunsen und sie atmet ganz komisch“, flüsterte sie. Tränen rannen ihr über beide Wangen. Sie machte sich nicht mal die Mühe, sie abzuwischen.

Tini schwieg. Sie kniete sich neben Mila und nur das Zucken ihrer Schultern verriet, dass sie schluchzte. Immer wieder strich sie über Renates Fell.

„Wir müssen schnell handeln“, meinte Jan. Er schien der Einzige zu sein, der einen halbwegs klaren Gedanken fassen konnte. „Ich befürchte, Renate hat irgendwas Giftiges gefressen.“

Jan holte sein Handy hervor. „Ich rufe Doktor Rosenthal. Das ist doch auch der Tierarzt des Internats, richtig?“

Mila nickte. Sie war unendlich froh, dass Jan da war und die Sache in die Hand nahm. Sie selbst fühlte sich wie gelähmt und konnte nur durch einen dicken Nebel aus Angst und Sorgen denken. Während Jan mit Doktor Rosenthal sprach, streichelte Mila Renates Stirn. Aus Renates Maul hing eine halb zerkaute gelbe Blume! Mila zog sie zwischen den Zähnen hervor. „Jan, guck mal!“, rief sie erschrocken „Weißt du, was das ist?“

Jan studierte die Pflanze sorgfältig. „Ich bin mir nicht ganz sicher. Das könnte eine Sumpfdotterblume sein.“ Unruhig drehte er die Blume in der Hand. „Ich muss dringend etwas nachsehen“, meinte er dann. „Bleibt ihr bei Renate, bis der Tierarzt kommt. Versucht, ihr was zum Trinken zu geben. Das schadet auf keinen Fall.“

Mila sah alle zehn Sekunden auf die Uhr. Wo blieb nur Doktor Rosenthal? Hoffentlich konnte er Renate helfen. Und wenn nicht? Renate war das verfressenste Pony, das die Welt je gesehen hatte. Wenn sie nun ganz viel von der giftigen Pflanze gefressen hatte. Zu viel …?

Nein, das konnte, durfte einfach nicht wahr sein. Mila warf einen Blick zu Tini, die immer noch schluchzend neben Renate saß.

Die bewegte sich kaum, nur ab und zu schnaubte sie leise. Der Schaum vor ihrem Maul wurde immer mehr.

„Magst du ihr einen Eimer Wasser holen?", fragte Mila, der die zitternde kleine Tini fast genauso leidtat wie Renate, leise. „Vielleicht hat sie Durst?"

„Wollen schon, aber ich kann nicht aufstehen. Meine Beine hören nicht auf mich", wimmerte Tini. Wieder wurde sie von einem Weinkrampf geschüttelt. Tini versuchte, Renate zu beruhigen, indem sie sich dicht an sie schmiegte und beschützend ihre Arme um den Ponyhals schlang. „Renate, ich hab dich so lieb", schluchzte sie. „Du darfst nicht sterben! Du bist doch mein Elfenpony …"

Renate versuchte, den Kopf zu heben, schaffte es aber nicht. Doch man merkte, wie sie sich entspannt hatte, seit Tini so dicht neben ihr lag.

Mila spürte den Doppelriss in ihrem Herzen ganz deutlich. Der eine kam von ihrer eigenen Angst um Renate. Der andere aber war eindeutig, weil sie Tini so leiden sah.

Sie beschloss, den Eimer Wasser selbst zu holen, auch wenn sie nicht gerne von Renates Seite wich. Doch als sie aufgestanden war, sah sie Doktor Rosenthal mit einer großen Ledertasche in der Hand über die Weide rennen. Und aus der anderen Richtung kam Jan mit ein paar gelben Blumen in der Hand.

Mila atmete auf. „Halte durch, meine Kleine!“, wisperte sie. „Jetzt kommt Hilfe.“

„Es tut mir so leid. Ich verstehe nicht, wie ich diese verdammten Sumpfdotterblumen übersehen konnte.“ Jan ließ sich auf eine kleine Bank im Stall sinken und vergrub das Gesicht in den Händen. „Ich suche die Weide immer nach Giftpflanzen ab und grabe sie aus.“

Mila setzte sich neben ihn. „Es war ein Unfall“, sagte sie. „Du kannst nichts dafür. Ich hätte mich selbst vergewissern müssen, dass Renate nichts passieren kann.“

„Es gibt nun mal Pferde“, sagte Doktor Rosenthal, „die sind einfach zu neugierig und zu hungrig für die Welt. Und so ein Exemplar ist eure kleine Renate. Sie hat nicht einmal vor den gefährlichen Sumpfdotterblumen haltgemacht und hat nun eine schwere Kolik."

„Was ist das denn?", fragte Tini mit verweinten Augen. „Ist das schlimm?"

„Eine Kolik, das sind heftige Bauchschmerzen", erklärte Doktor Rosenthal. „Und ja, bei Pferden kann das auch gefährlich werden. Zum Glück habt ihr mich gleich gerufen."

Der Tierarzt blickte in die Box, die Mila und Jan schnell mit weichem Einstreu gefüllt hatten, damit Renate es bequem hatte. „Wir hatten Glück im Unglück, dass wir sofort wussten, was sie gefressen hat und sogar ungefähr wie viel davon. Ich habe sie gründlich untersucht und ihr ein entkrampfendes Mittel gegen die Koliken gespritzt. Sie wird wahrscheinlich ziemlich heftigen Durchfall bekommen. Aber es wäre gut, wenn sie in nächster Zeit nicht allein ist."

„Ich gehe keinen Schritt aus diesem Stall heraus, bis Renate wieder gesund ist", meinte Tini. Mila sah ihrer kleinen Cousine an, dass es ihr damit todernst war.

Anna Petersen, Jans Mutter, gab Doktor Rosenthal die Hand. „Das ist doch selbstverständlich", sagte sie. „Wir danken Ihnen, dass Sie so schnell gekommen sind."

„Das wiederum war auch selbstverständlich“, meinte der Tierarzt. „Wenn die Krampfanfälle nicht zurückgehen sollten und sich weiterhin Symptome einer Kolik zeigen, rufen Sie mich bitte sofort an.“

Dann wandte er sich an Mila und Tini. „Macht euch nicht zu viele Sorgen, ihr beiden. Renate ist zwar winzig, aber sie hat Kraft wie drei Hengste. Außerdem ist sie hier auf dem Hof der Petersens in den besten Händen.“

„Ich weiß“, antwortete Mila. „Renate ist die allerbeste. Sie wird es schaffen.“

Nachtwache

Kurze Zeit später traf Tante Caro auf dem Islandhof ein. Sie hatte einen großen Korb von Frau Käthe dabei, in dem belegte Brote, Pfannkuchen mit Marmelade und Saft, Wasser und sogar eine Flasche Orangenlimo steckten. Doch obwohl Frau Käthe nicht nur die besten Nudeln weit und breit kochte, sondern auch ganz hervorragende Pfannkuchen machte, hatte niemand Appetit.

Mila und Tini aßen gar nichts und Jan hatte einen Schokopfannkuchen halb aufgegessen auf einem Teller liegen lassen. Die Stimmung war gedrückt.

Renate ging es nicht besser – allerdings auch nicht schlechter.

Mila schlich sich zu Adesso, den sie in Fenjas Box gestellt hatte.

Die Islandpferde hatte Jan für die Nacht auf der Weide

gelassen. Er hatte gründlich die Weide nach weiteren Giftpflanzen abgesucht und alle Sumpfdotterblumen mitsamt der Wurzel entfernt.

Adesso schüttelte sich immer wieder nervös und knabberte an der Metalleinfassung der Holztür.

Mila öffnete den Riegel und strich Adesso mit sanftem Druck erst über die Kruppe und dann über Rücken und Hals. Es dauerte eine Weile, bis Mila das Gefühl hatte, dass Adesso sich entspannte. Aber das war ja schließlich kein Wunder. Er machte sich bestimmt schreckliche Sorgen um Renate und dann war er auch noch in einer unbekannten Umgebung. Umso wichtiger, dass Mila ihm zeigte, dass sie für ihn da war. Auch wenn all ihre Gedanken im Moment ungefähr eineinhalb Meter weiter unten bei Renate waren.

„Es wird alles wieder gut", flüsterte Mila in Adessos Ohr. „Ganz bestimmt. Renate ist stark. Wir beide wissen das, nicht wahr?"

Anna streckte den Kopf über die Boxentür. „Ich bin von der ganzen Aufregung ziemlich müde. Wenn es okay ist, würde ich mich hinlegen. Falls sich Renates Zustand ändert, in welche Richtung auch immer, weckt mich bitte."

„Na klar. Schlaf gut, Anna." Mila ging in die Stallgasse zurück. „Tante Caro, Tini und Jan sind ja noch da."

„Pst", machte Tante Caro. Dann deutete sie auf Tini, die an ihrer Schulter lehnte und schlief. „Das war alles ein wenig viel für sie heute."

„Ich hole eine Decke, dann können wir sie auf die Strohballen dort drüben legen", schlug Jan vor.

Tante Caro war einverstanden. Jan hob Tini von der Bank und trug sie hinüber.

Auch Tante Caro nahm sich eine Decke und legte sich zu ihrer Tochter. Bald hörte Mila sowohl Tini als auch Tante Caro gleichmäßig und ruhig atmen.

„Sieht ganz gemütlich aus", meinte Mila. „Ich meine, für ein Notlager …"

Jan, der im Schneidersitz in Renates Box saß, klopfte mit der Hand auf den Boden. „Mein rechter, rechter Platz ist frei, ich wünsch mir die Mila herbei!" Dabei machte er einen Schmollmund wie ein Kindergartenkind und Mila musste trotz der Sorgensteine auf ihrer Seele lachen.

„Bin schon da!", wisperte sie und ließ sich dicht neben ihm nieder.

Eine Weile sagte keiner ein Wort. Mila spürte Jans

Oberschenkel an ihrem. Schön. Fremd und doch vertraut. Noch nie war sie ihm so nahe gewesen. So nahe, dass sie seinen Duft riechen konnte. Jan roch nach Sonne, nach Salzwasser und nach einem fruchtigen Duschgel. Und dem würzigen Geruch der Pferde. Eine unschlagbar himmlische Mischung. Mila schloss die Augen. Diesen Geruch wollte sie festhalten. Sich immer daran erinnern und –

„Glaubst du, Renate wird es schaffen?“, fragte Jan leise und unterbrach Milas Gedanken. Seine dunkelbraunen Augen ruhten auf ihr.

Mila schluckte. „Ich glaube schon. Zumindest hoffe ich es. Ich kann mir ein Leben ohne Renate gar nicht vorstellen. Seit ich denken kann, ist sie an meiner Seite. Auch wenn sie nicht die Schönste, Größte oder Geschickteste ist, ist sie einfach sie selbst. Gerade deswegen erobert sie alle Herzen im Sturm.“

„Genau wie du.“

Mila merkte, dass Jan sie immer noch ansah. So, als er ob er ihre vielen Sommersprossen zählen wollte.

„Du bist auch immer du selbst“, meinte Jan nach einer Weile. „Du bist lustig, wenn du lustig bist, und wütend, wenn du wütend bist, und du hast ein riesiges Herz. Für

Pferde sowieso, aber auch für alle anderen. Was du für Nele und Fairy getan hast, war einfach klasse." Dann fügte er leise hinzu: „Ich weiß nicht, ob ich jemandem geholfen hätte, der mich so mies behandelt hat." Plötzlich sah er richtig unglücklich aus.

So unglücklich, dass Mila ihn sofort und auf der Stelle trösten wollte. Sie nahm seine Hand und drückte sie fest. „Natürlich hättest du! Keine Frage!" Obwohl sie kaum mehr atmen konnte, zog sie ihre Hand nicht weg. Kaum zu glauben. Jan und sie hielten Händchen! Ihr ganzer Körper kribbelte. Eine ganze Menge Seifenblasen blubberten durch ihren Kopf und ihren Bauch, zerplatzten und hinterließen ein kitzeliges und leichtes Gefühl.

Doch im nächsten Augenblick zog Jan seine Hand zurück und runzelte die Stirn. „Du täuschst dich. Ich bin nicht wie dein Michel. Der macht solche selbstlosen Sachen", sagte er ernst.

„Er ist nicht *mein* Michel!", rief Mila lauter als sie gewollt hatte. Sie fuhr hoch und funkelte Jan böse an. Mila wusste nicht, ob sie sauer war, weil Jan die Hand aus ihrer gezogen hatte oder weil er anscheinend fest davon überzeugt war, dass zwischen Michel und ihr mehr als nur Freundschaft war.

„Na ja. Ich habe doch Augen im Kopf", meinte Jan. „Ich sehe und höre da andere Dinge."

Oh, wie unfair! Jetzt kam Milas Wut mit voller Wucht an die Oberfläche. Die Wut, gegen die sie so furchtbar machtlos war und die es irgendwie immer schaffte, einen Weg nach draußen zu finden. „Was fällt dir eigentlich ein? Deine beknackten Beobachtungen kannst du gerne für dich behalten!", schimpfte sie los. „Ja, und wenn du dir das wünschst, gehe ich eben zu Michel. Der ist wenigstens erwachsen."

Sie drehte sich schnell zu Renate um, damit Jan nicht sah, dass ihr Tränen in den Augen standen, und strich ihr über das scheckige Fell. Es war dunkel im Stall. Und ruhig. Plötzlich merkte Mila, wie fürchterlich müde sie war – so müde, dass sie sich wieder hinsetzte. Nach einer Weile fielen ihr die Augen zu und sie schlief neben Renate auf dem weichen Einstreu ein.

Mila erwachte, weil ihr jemand ins Gesicht schnaubte. Warmen, weichen Pferdeatem. Sie schlug die Augen auf und streckte sich. Ah, zuerst musste sie sämtliche Knochen sortieren. Die Stellung, in der sie eingeschlafen war, war nicht sehr bequem gewesen. Renate lag zwar noch auf dem Boden, aber sie hatte die Augen offen und guckte Mila munter an. Dann wackelte sie mit den Ohren und versuchte, den Kopf zu heben. Erst nur ganz sachte, dann immer fordernder. Mila weckte Jan und hatte völlig vergessen, dass sie ja eigentlich megawütend auf ihn war. Jetzt war nur noch Renate wichtig. „Schnell, Jan, bitte hilf mir. Ich glaube, Renate will aufstehen!“

Sofort war Jan an Milas Seite und gemeinsam halfen sie Renate nach oben.

Das Mini-Pony stand zwar noch unsicher, aber es stand!

„Bleib bei ihr und biete ihr Wasser an“, meinte Jan. „Ich wecke Frau Hofer und Tini.“

Mila hielt Renate den randvollen Eimer hin. Tatsächlich. Renate trank und trank – fast den ganzen Eimer leer.

„Was machst du denn für Sachen, mmh?“, wollte Mila wissen. „Das nächste Mal fragst du besser, ob ich nicht doch ein paar Karotten dabei habe, bevor du irgendwas anderes futterst.“ Sie wuschelte dem Pony glücklich durch die Mähne.

„Renate, du bist wieder auferstanden!“ Tini riss die Boxentür auf und warf sich ungestüm auf Renate.

„Nicht so stürmisch“, warnte Tante Caro. „Renate ist

noch schwach. Sie ist gerade wieder auf*ge*standen – nicht auf*er*standen."

„Sag ich doch. Aufgestanden von den Toten. Wie Jesus. Nur mit Hufen!"

Tante Caro lachte. „Ich glaube, nachdem wir das hier überstanden haben, muss ich mal ein ernstes Wort mit deiner Reli-Lehrerin sprechen."

Alte Bekannte

„Wie geht es Renate?“ Anna Petersen steckte den Kopf zur Stalltür hinein.

„Ich habe ihr meinen Spezial-Kräutersud gebraut. Der bringt jeden wieder auf die Beine. Auf zwei oder auf vier, je nachdem.“

Jan verzog das Gesicht: „Normalerweise muss ich das stinkige Zeug trinken, wenn ich krank bin. Heute muss ich zum Glück nur den Geruch ertragen.“

Es stimmte. Der Inhalt des Topfes, den Anna freudestrahlend präsentierte, stank bis zum Himmel und zurück. Mila wich zurück und hielt sich die Nase zu. Und das sollte helfen?

„Nun guckt nicht so. Ich habe diese Rezeptur von meiner englischen Großmutter. Und die wusste alles über Heilpflanzen.“

„Wollen wir nicht erst Doktor Rosenthal fragen?“, meinte Tante Caro zweifelnd. „Ich meine, was Menschen hilft, muss ja nicht unbedingt auch Tieren helfen, oder?“

„Ha, der bestellt genau diesen Sud seit Jahren bei ihr.“ Jan klopfte seiner Mutter auf die Schultern. „Also, keine Bange, Mama weiß schon, was sie tut.“

„Na, dann.“ Tante Caro holte einen Eimer mit frischem Wasser und Anna schüttete eine Kelle des Kräutertranks dazu. „Wollen wir mal sehen, was die englischen Kräuterfrauen so alles können.“ Sie hielt Renate den Wassereimer hin.

Renate schnüffelte, rümpfte die Nüstern und wandte sich ab.

Dann drehte sie abrupt um und schnupperte ein zweites Mal. Sie schnaubte laut, als würde sie sich seufzend ihrem Schicksal fügen, und begann zu trinken.

Erst zögerlich, doch dann schlabberte sie den ganzen Eimer leer.

Anna bot Renate noch eine Karotte an. „Gegen den fiesen Geschmack“, meinte sie. „Auch wenn ihr Pferde das anders empfindet als wir Menschen.“

Renate ließ sich das nicht zweimal sagen. Die Karotte war mit einem Haps zerkaut und runtergeschluckt.

„Ruh dich noch ein wenig aus, du kleines Sorgenpony!“ Renate stupste Anna mit dem Maul. „Nein, eine zweite Karotte habe ich nicht. Ich konnte doch nicht wissen, dass du schon wieder *so* hungrig bist, du kleine Süße“, meinte Anna und wuschelte Renate durch die Mähne. „Sagt mal ….“ Sie sah auf die Uhr. „Es ist schon zwanzig nach sechs. Müsst ihr euch nicht langsam für die Schule fertigmachen?“

„Keine Panik, Mama. Alles geregelt“, antwortete Jan. „Frau Hofer hat gestern Abend Frau Steinbach erzählt, was passiert ist. Sie weiß, dass wir heute später kommen.“

Sobald Anna Petersen die Worte ihres Sohnes gehört hatte, passierte etwas Merkwürdiges. Sie wurde bleich und ihre Gesichtszüge gefroren zu Stein. Langsam nahm sie den Topf mit dem restlichen Kräutersud in die Hände und musterte Tante Caro von oben bis unten in Zeitlupe. „Caro Hofer? Sie heißen Hofer mit Nachnamen?“

Tante Caro nickte. „Ja, so wie Mila auch. Sie ist meine Nichte. Warum?“

„Die kleine Caro Hofer. Du warst sieben oder acht Jahre alt.“ Anna ließ sich auf die Holzbank sinken und sah Tante Caro weiterhin gedankenverloren an. „Die

Schwester von Chris Hofer. Ich war damals sehr eng mit ihm befreundet. Wir waren Reitkollegen."

Tante Caros Gesicht hellte sich auf. „Anna? Du bist *die* Anna. Anna Lewis? Doch, ich erinnere mich gut. Ich habe dich damals so sehr bewundert. Du bist so toll geritten und du warst wunderschön … äh, das bist du natürlich immer noch."

Anna winkte ab. Dann fiel ihr Blick auf Mila. „Dann bist du also Chris' Tochter? Deine Augen und die Sommersprossen kamen mir bekannt vor, aber ich kam nicht drauf, woher … Eigentlich wundert es mich gar nicht, dass du hier auf Marum aufgetaucht bist. Die Tochter des großen Chris Hofer muss natürlich auch Reiterfolge aufweisen. Und das hier", sie deutete auf Adesso, „ist wahrscheinlich der Sohn von Arduro, Chris' Pferd, oder?"

Mila hatte plötzlich das Gefühl, dass alle Wärme und alle Herzlichkeit aus Annas Worten wichen und sie sich in eine Art Eiskönigin verwandelte. Ihre Stimme war kalt, selbst ihre Blicke verströmten eine Kälte, die bei Mila Gänsehaut verursachte.

Das schüchterte sie richtig ein. „Ja, Adesso ist der Sohn von Arduro", sagte sie leise. „Aber ich bin eigentlich nicht wegen des Reitens hier, sondern weil meine Eltern …"

„… na ja, ist auch völlig egal, warum du da bist, mein Kind“, fügte Anna schnell hinzu. Der frostige Unterton war plötzlich wieder weg. „Jetzt muss ich mich aber um unsere Feriengäste kümmern. Und die Pferde versorgen.“ Sie rang sich ein Lächeln ab, winkte kurz und schon war sie verschwunden.

Mila war verwirrt. Hatte sie sich Annas merkwürdige Reaktion nur eingebildet? Oder steckte da mehr dahinter? Sie musste es einfach wissen.

„Tante Caro, ist zwischen meinem Vater und Anna etwas passiert? Wenn sie so gut befreundet waren, warum hatten sie denn so lange keinen Kontakt mehr?“

Tante Caro zuckte mit den Schultern. „Ich hab keine Ahnung, mein Schatz. Ich mochte Anna damals, daran kann ich mich noch erinnern, aber ich habe mir keine weiteren Gedanken gemacht, als sie nicht mehr bei uns oder im Stall aufgetaucht ist.“

„Hast du auch das Gefühl gehabt, dass da was nicht stimmt? Sie war plötzlich so komisch – so kalt, oder?“

„Ich fand sie ganz normal. Das hast du dir sicher nur eingebildet“, entgegnete Tante Caro.

„Anna ist *nie* nicht nett“, krähte Tini. „Die ist immer lieb und kann total guten Kakao machen.“

„Mila hat schon recht. Die Erinnerungen, die da hochkamen, waren offensichtlich nicht nur angenehme“, meinte Jan nachdenklich. „Ich vermute mal, meine Mutter war unsterblich in deinen Vater verknallt oder so. Unglücklich, versteht sich. Das würde ihre seltsame Stimmung auf jeden Fall erklären.“

KLOINK! PENG! KLOINK!

Renate trat mit dem Vorderhuf gegen die Holzwand und schnaubte ungeduldig.

„Klein aber wild – das ist meine Renate“, stellte Tini zufrieden fest. „Ich übersetz mal für alle, die nicht renatisch sprechen. Sie sagt, sie fühlt sich viel besser und möchte jetzt schnurstracks nach Hause und einen großen Eimer Karotten futtern.“

Gedankenkarussellpferdchen

Sie waren pünktlich zur vierten Stunde auf *Inselglück* angekommen. Nur Tante Caro, die schon zur dritten Stunde Unterricht gehabt hatte, war mit dem Auto zum Internat vorgefahren. Tini hatte Renate das Stallhalfter übergezogen und hatte sie am Strick Schritt für Schritt nach Hause geführt. Jan hatte ihr dabei geholfen. Es war langsamer gegangen, als Mila erwartet hatte. Als sie die Pferde in die Boxen gebracht hatten, schleppten sie sich zum Unterricht – alle bis auf Tini, die Tante Caro für heute in der Grundschule von Ritteck entschuldigt hatte. Und der Unterricht zog sich heute wie ein gegrillter Marshmallow. Klebrig und ewig lang.

Nach der Englischstunde wankte Mila aus dem Klassenzimmer und musste sich an Charly festhalten, sonst wäre sie wohl im Gehen eingeschlafen.

„Ich will aber jede Einzelheit wissen“, schärfte Charly ihr ein, als sie Mila durch den Glasübergang schleppte, der das alte Backsteinschulhaus mit dem neuen modernen Schlaftrakt der Schüler verband. „Vergiss bloß nichts beim Schlafen.“

„Jaja.“ Mila nickte willenlos und gähnte. „Alles, du erfährst alles. Später …“ Sie gähnte noch einmal.

Nele klackerte im Stechschritt an Mila und Charly vorbei. „Also, nur dass das klar ist. Ich kann und will auch keine Rücksicht darauf nehmen, dass du am Tag schlafen musst. Deine Sache, wenn du mal wieder zu Unzeiten Pferde retten musst, aber ich will Musik hören. Leider sind meine Kopfhörer kaputt. Pech für dich.“

„Nele, dein Pferdegebiss ist schöner als dein zickiges Gemüt“, meinte Charly gelassen. „Ich schenk dir meine, okay? Ich hab zwei Paar.“

Nele kniff die Augen zusammen. „Gibt es auch irgendetwas auf der Welt, mit dem du nicht doppelt und dreifach ausgestattet bist? Das ist so was von nervig …“

„Wer nicht will, der hat schon“, antwortete Charly.

„Nele, warum bist du eigentlich so, so, so …?“ Mila war zu müde, um den Satz zu vollenden.

„So undankbar? Meinst du das?“, patzte Nele zurück.

Mila nickte. Das Wort hatte sie gesucht und nicht gefunden.

„Das kann ich dir schon sagen! Weil es mich ankotzt, dass gewisse Menschen alles in den Hintern geschoben bekommen. Das ist einfach ungerecht und fies!“ Nele streckte Mila und Charly die Zunge raus und rannte, so gut es auf den hohen Klackerschuhen ging, davon.

„Die spinnt doch. Miss Oberzicke persönlich!“, kommentierte Mila Neles Abgang. Sie sah Charly an, der eine Träne über die Wange lief.

„Hey, du nimmst dir diesen Blödsinn doch nicht zu Herzen, oder?“, versuchte sie Charly zu trösten.

Charly wischte sich eine rote Locke aus der Stirn.

Mila sah, dass an ihren Wimpern kleine Tränentropfen hingen.

„Siehst du das auch so?“, fragte Charly unglücklich. „Ich meine, dass ich eine verwöhnte Luxus-Tussi bin?“

„Quatsch. Deine Eltern geben dir eben von allem das Beste, weil sie es sich leisten können und weil sie dich lieb haben.“ Mila umarmte ihre Freundin fest. „Aber du bist die großzügigste und unarroganteste Person, die ich je getroffen habe.“

„Danke.“ Charly schnäuzte sich in ein großes Seidentaschentuch, das sie aus ihrer Hosentasche zog. „Weißt du, das ganze Geld und die vielen Sachen, die können mir so was von gestohlen bleiben. Manchmal wünschte ich mir, ich hätte ganz normale Eltern. Mit normalen Einkommen."

„Ich weiß", sagte Mila und gähnte noch einmal herzhaft. „Ich weiß."

Eine Minute später hatte Mila sich in ihr Bett gekuschelt und die Bettdecke über den Kopf gezogen. Nicht ohne zuvor noch schnell durch das Fenster neben ihrem Zimmer in den Stall zu blicken, ob es Adesso und Renate auch gut ging. Als sie jedoch gesehen hatte, dass Adesso Renate zärtlich am Hals knabberte, war sie beruhigt gewesen. Was für eine coole Idee, dass die Internatsschüler sich auf diese Weise stets vergewissern konnten, dass mit ihren Lieblingen alles in Ordnung war – und das, ohne den Stall betreten zu müssen.

Mila war unendlich müde und erleichtert, dass Renate die Sumpfdotterblumen-Vergiftung so prima überstanden hatte und schon wieder so guter Dinge war. Und trotzdem lag sie nun im Bett und konnte nicht einschlafen. Annas Verhalten, als sie erfahren hatte, dass Mila

Chris Hofers Tochter war, ließ ihr keine Ruhe. So, als klammerte sich diese Erinnerung mit Widerhaken fest. Ob sie ihren Vater beim nächsten Skype-Telefonat danach fragen sollte? Auf der einen Seite wusste Mila, dass sie mit ihren Eltern über alles reden konnte, auf der anderen Seite hatte ihr Vater das letzte Mal so komisch auf ihre Springreit-Pläne reagiert … Manche Dinge konnte man offensichtlich nur persönlich klären, Skype hin oder her.

Vielleicht würde sie Anna einfach selbst darauf ansprechen, wenn sich die Gelegenheit ergab. Ja, so würde sie es machen, beschloss Mila für sich und war recht zufrieden mit dieser Idee. Ihr Kopf wurde schwer und ihr Körper drehte sich spiralförmig nach oben in die Luft und … im nächsten Moment saß sie auf Adesso und ritt mit ihm über den breiten Strand von Marum. Die Sonne schien, Adesso schnaubte zufrieden und Mila war überglücklich …

„Nicht so wild Adesso, du spritzt mich ganz nass", murmelte Mila und wischte sich im Schlaf übers Gesicht.

„Hey, Mila, wach auf. Ich bin's, Charly!"

Mila schlug die Augen auf und sah den verschwommenen Umriss ihrer Freundin, die Neles kleine Blumengießkanne über sie hielt und gerade wieder losgießen wollte.

„Spinnst du?“ Mila hob abwehrend die Hände nach oben. „Hör auf damit!“

„Ich hatte keine andere Wahl, glaub mir. Ich hab gerüttelt und dich in die Wange gepikt, aber nix hat geholfen. Nele wollte dich einfach pennen lassen. Ich hatte den Eindruck, ihr wäre es ganz recht gewesen, du hättest das Training verschlafen.“

Mila trocknete sich das Gesicht ab. „Da hast du garantiert recht.“

Sie krabbelte aus dem Bett und zog sich die alte, ausgebeulte Reithose an. Dann schlüpfte sie noch in ein fleckiges gelbes T-Shirt und sagte entschlossen: „Fertig. Es kann losgehen … äh ich meine, wir können losreiten. Diesen Triumph gönne ich Nele nicht. Ich habe zwar überhaupt keine Lust auf Training, aber hier geht es ums Prinzip!“

„Jawoll, Frau Feldwebel“, antwortete Charly und lachte. „Ich habe verstanden: Es geht ums Prinzip.“

Sie waren wirklich spät dran. Windfuchs und Feuerfuchs, die Hengste von Jakob und Mark, standen schon gesattelt in der Stallgasse. Und auch die anderen waren mit den Vorbereitungen für die Springstunde bei Tamara fast fertig. Nur Franzi schlüpfte gemeinsam mit ihnen durch die Stalltür und murmelte etwas Unverständliches.

Mila bemerkte, dass Franzi einen rosafarbenen Stein an einer Kette um den Hals trug. Sie stieß Charly an. „Hast du das gesehen? Hihi. Unser schwarzer Schwan trägt seit Neuestem verliebtes Rosa."

Charly guckte sie verständnislos an. „Was meinst du? Ich sehe nur schwarz. Schwarze Haare, schwarze Klamotten, schwarzes Pferd, schwarze Augenringe …"

„Ein fetter Rosenquarz", flüsterte Mila zurück. „Um den Hals, siehst du?"

Charly kniff die Augen zusammen und versuchte, einen Blick auf Franzis Hals zu erhaschen. „Stimmt." Sie grinste breit. „Was sollen wir denn davon halten? Franzi wird ihren heiligen unromantischen Modeprinzipien untreu. Holla, die Ponyfee! Die hat's aber ganz schön erwischt."

„Die Liebe!" Mila seufzte theatralisch. „Im Krieg und in der Liebe ist alles erlaubt. Sogar rosa Ketten."

„Tja, die Liebe ist eine Himmelsmacht und so weiter und so fort. Aber mal im Ernst: Franzi und Rosa? Das passt zusammen wie Vanillepudding und Blutwurst." Charly nahm Vanillas Putzbox aus dem Regal und ging zu ihrer Stute in die Box.

Charlys Vanillepudding-Blutwurst-Kommentar klang zwar nicht besonders lecker, aber er erinnerte Mila daran, dass sie heute noch kaum etwas gegessen hatte. Schnell biss sie einmal in die Karotte, die sie für Adesso dabeihatte. Adesso würde ihr die Halbierung seines Leckerlis hoffentlich nicht allzu übel nehmen.

Als Mila seine Box betrat, tänzelte Adesso unruhig auf der Stelle und drehte seine Ohren nervös in alle Richtungen. Mila hielt ihm die Karotte hin, die er zunächst einmal ausgiebig beschnupperte, bevor er sie fraß. Dann strich sie ihm über den weißen Stern an der Stirn.

„Alles gut, mein Großer. Das war alles ein bisschen viel gestern und heute, oder?" Adesso sah sie mit seinen großen braunen Augen treuherzig an. Anschließend stupste er sie zärtlich am Arm. Mila beschloss, Adesso und sich selber eine ausgiebige Portion Streicheleinheiten zu gönnen und ihn sorgfältig zu putzen und zu striegeln. Auch wenn das bedeutete, dass sie fünf Minuten zu spät zum Training kam. Das hier war wichtiger, eine der vielen Sachen, die sie von Aurelie, ihrer früheren Reitlehrerin, gelernt hatte. Tier und Mensch muss es gut gehen. Erst danach kam alles andere. Sie nahm die Kardätsche in die Hand und strich mit sanftem Druck über Adessos Hals. Er genoss die Pflege sichtlich, denn schon bald wurde er ganz ruhig, seine Muskeln entspannten sich und er schnaubte zufrieden.

„Wir lassen es heute etwas ruhiger angehen", versprach Mila. „Und ich werde besser auf dich aufpassen, als ich das die letzten Tage getan habe. Eine verschleppte Blockade im Zungenbein wird es nicht mehr geben, Ehrenwort."

Adesso knabberte als Antwort an Milas Reithelm und kitzelte sie dabei mit seinen Tasthaaren an der Wange. „Hey, nur nicht übermütig werden, du Frechdachs. Ein Reithelm schmeckt scheußlich, darauf kann ich dir ebenfalls mein Ehrenwort geben. Und eine Vergiftung am Tag reicht mir voll und ganz."

Mila kratzte Adessos Hufe aus und trenste ihn auf. Das Training konnte beginnen und jetzt freute sie sich sogar darauf.

Die Reitstunde war bereits in vollem Gang. Doch Tamara schien sich nicht daran zu stören, dass Mila und

Adesso eine gute Viertelstunde zu spät in der Reithalle eintrafen. Für den offenen Reitplatz, auf dem sie normalerweise trainierten, war es heute einfach zu heiß. Dazu kam, dass heute auch noch der angenehme Inselwind ausgeblieben war.

Tamara stoppte die Voltenübung, die die Reitschüler der siebten Klasse gerade ausführten, und bat Mila zu der Gruppe.

„Geht es Renate wieder besser?“, fragte sie einfühlsam. „Ich kann mir vorstellen, wie viel Angst du um sie gehabt haben musst.“

„Sie ist schon wieder fast die Alte“, versicherte Mila. „Hoffentlich hat sie gelernt, dass sie nicht alles fressen darf, was ihr vors Maul kommt.“

„Das kann ein Pferd oft gar nicht unterscheiden. Da darfst du ihr keine Vorwürfe machen“, erwiderte Tamara. Dann wandte sie sich an die gesamte Runde. „Ich würde Renates Unfall gerne zum Anlass nehmen, noch einmal die für Pferde giftigen Pflanzen und Bäume durchzugehen. Es ist sehr wichtig, dass ihr sie erkennt und euer Pferd davon abhaltet, sie zu fressen. Manche von ihnen sind so giftig, dass eine kleine Menge schon tödlich sein kann.“

Mila sah, dass Nele ganz blass um die Nasenspitze wurde und ihre Stute Fairy streichelte. Auch wenn sie alle wussten, wie gefährlich manche Pflanzen für Pferde waren, dachte man nicht ständig und überall daran.

Und Fairy war noch nicht in Topform – eine Vergiftung zu diesem Zeitpunkt würde ihr sicherlich sehr zu schaffen machen.

„Ich schlage vor, wir gehen heute alle die Koppeln unserer Pferde ab und gucken, ob wir vielleicht etwas übersehen haben“, meinte Nele leise.

„Wieso sollen *wir* das machen?“, regte Mark sich auf. „Dafür haben wir doch unseren Stallmeister und seinen Knecht.“ Er blickte Michel hochmütig an. „Wir bezahlen schließlich sehr viel Geld, dass so etwas hier nicht passiert, oder hab ich da etwas falsch verstanden? Also ich werde auf keinen Fall bei dieser Bruthitze über die vollgeäppelte Wiese laufen und irgendwelche Giftwurzeln ausbuddeln.“

Tamara warf Mark einen bitterbösen Blick zu und sagte dann freundlich: „Ich finde, es ist eine großartige Idee von Nele, die Weiden abzusuchen. Ich kann euch nicht dazu zwingen, aber es ist richtig und wichtig, dass ihr ebenfalls für die Sicherheit eurer Pferde sorgt. So wie es Herr Gründgen seit jeher tut. Und dass Herr Gründgen einen Knecht hat, war mir bislang nicht bekannt, Mark. Wenn du ihn siehst, dann richte ihm von mir schöne Grüße aus!“

Nun war es an Michel, Mark anzugrinsen. Tamara hatte ihm freundlich, aber bestimmt jeglichen Wind aus den Segeln genommen.

Mila sah, wie Mark wütend die Lippen aufeinanderpresste, Feuerfuchs' Zügel enger nahm und angaloppierte.

„Von mir aus!“, rief Tamara mit einem Siegerlächeln auf den Lippen. „Dann reitest du eben als Erster, Mark.“

Das Training lief bei Mila heute super. Sie war weniger angespannt als sonst, seit Tamara ihr gesagt hatte, dass sie nicht störte, wenn sie die eine oder andere Frage mehr stellte und häufiger korrigiert werden musste als die anderen. Und es tat ihr gut, dass Michel mittrainierte, dem es ebenso ging wie Mila. Auch er machte noch grundsätzliche Fehler und Mila kam sich nun nicht mehr ganz so unbeholfen und ungeschickt vor.

Außerdem hatte ihr die vergangene Nacht gezeigt, was wirklich wichtig war. Nämlich, dass es Adesso und Renate gut ging und sie mit ihnen Spaß hatte. Was bedeutete da schon ein Turniererfolg mehr oder weniger? Es war schön, wenn es gut lief, aber sie würde sicher nicht ihre oder Adessos Gesundheit dafür aufs Spiel setzen.

Ob diese Gedanken dafür verantwortlich waren, dass heute alles wie am Schnürchen klappte? Oder Lukes tolles Pferde-Yoga? Egal. Jetzt war der Springparcours dran und sie wollte einfach nur mit Adesso losfliegen.

Und sie flogen …

Die beiden hatten exakt das richtige Tempo zwischen den Sprüngen, erwischten den optimalen Absprung und Mila ließ Adesso mit dem Zügel genau den Freiraum, den er für einen gelungenen Sprung brauchte.

Als Mila den Parcours beendet hatte, klatschte Tamara Beifall. „Mila, das war super. Hervorragend!", rief sie begeistert.

Mila strahlte und wurde ein wenig rot. Ein solches Kompliment hatte Tamara ihr noch nie gemacht. Es fühlte sich toll an.

„Für ein E-Turnier vielleicht", wandte Mark gehässig ein. „Nicht in unserer Turnierklasse. Das musst du schon dazusagen, wenn du Mila lobst. Sonst ist das unfair und wir anderen können unsere Leistung gar nicht mehr richtig einordnen." Mit einem hochnäsigen Blick machte er auf Feuerfuchs kehrt.

Tamara ging überhaupt nicht auf Marks Bemerkung ein.

Das war vielleicht auch besser so, dachte Mila. Marks Stänkereien wurden immer fieser. Und diesmal gelang es ihr sogar, die Gemeinheiten nicht persönlich zu nehmen. Mark war einfach ein richtiger Kotzbrocken und er ließ keine Gelegenheit aus, das zu beweisen.

„Ich möchte euch noch etwas sagen", meinte Tamara. „Das nächste Turnier, auf das wir hinarbeiten, wird auf dem Festland sein. In Bolsenbüttel. Und bei diesem Turnier wird immer nach neuen Talenten für den zukünftigen Landeskader Ausschau gehalten. Ich will euch nicht nervös machen und auch keinen Druck aufbauen, ich möchte nur, dass es euch bewusst ist und dass ihr euer Bestes gebt – so wie immer. Und jetzt ab in den Feierabend!"

„Haben wir denn heute kein Pferde-Yoga mehr?", fragte Franzi enttäuscht. „Die Übungen tun Black Velvet und mir so gut."

„Die Übungen? Es ist wohl eher Luke, der ihr guttut", flüsterte Charly so leise, dass nur Mila es hören konnte.

Mila kicherte und schwang sich von Adessos Rücken. Sie nahm seine Zügel und führte ihn zurück in den Stall. Vielleicht sollte sie Franzi vorschlagen, einen Club zu gründen: den Club der hoffnungslos Verliebten.

Eine Party für Renate

Nachdem sie die Pferde versorgt hatten, waren sie mit Harke und Spaten bewaffnet über die Koppeln gelaufen und hatten nach giftigen oder für Pferde ungenießbaren Pflanzen gesucht. Isa hatte als Einzige kein Werkzeug in der Hand, sondern lief mit ihrem Handy hinter den anderen her. Sie hatte eine App heruntergeladen, mit der man Pflanzen bestimmen konnte. Man musste sie nur fotografieren und ein paar Augenblicke später spuckte die App, begleitet von einem dramatischen Tusch, das Ergebnis aus. Immer wenn die Musik ertönte, juchzte sie froh auf und las lang und breit die Infos vor, die das Programm zu der jeweiligen Pflanze ausspuckte.

„Kannst du den Ton ausmachen?“, bat Charly Isa nach einer Weile. „Dieses Fanfarengetröte erinnert mich auf eine ungute Art an zu Hause.“

„Klar", sagte Isa und schaltete den Ton ab. „Kein Problem. Sind deine Eltern Musiker?"

„Nein, das nicht", antwortete Charly gedehnt. Dann deutete sie schnell auf ein Büschel weißer Blumen. „Ah, was ist das denn? Schnell, Isa, mach mal ein Foto!"

Mila wunderte sich. Charly hatte schon wieder abgelenkt, als es um ihre Eltern ging. Sie machte um ihr Zuhause ein Mega-Geheimnis. Obwohl sie sich sonst alles erzählten, wusste Mila nur, dass Charlys Eltern sehr reich waren und ihre Tochter deswegen immer mit den teuersten Klamotten ausstatteten. Außerdem schickten sie ab und zu Fresspakete, die mit den feinsten Köstlichkeiten vollgestopft waren. Mila hätte zwar liebend gerne mehr gewusst, aber wenn Charly nun mal nicht darüber reden wollte, hatte sie sicher gute Gründe dafür. Und das musste Mila akzeptieren. Sie stapfte weiter. Puh, ihre Beine waren ganz schön schwer. Kein Wunder nach der langen Nacht und dem kurzen Nickerchen. Ob es den anderen wohl etwas ausmachte, wenn sie schon aufs Zimmer ging?

„Ich kann nicht mehr", gestand sie Charly. „Schafft ihr den Rest ohne mich?"

„Logo", meinte Charly. „Gib Renate und Adesso noch ein Küsschen und dann husch, husch ins Körbchen."

„Danke“, sagte Mila und lief zum Internat. Die Dusche tat Mila richtig gut. Sie ließ den lauwarmen Strahl auf ihren Scheitel prasseln und sah zu, wie das Wasser in kleinen Rinnsalen von ihren langen braunen Haaren über ihren Körper in den Abfluss lief.

Als sie sich noch ein frisches T-Shirt und einen luftigen geblümten Sommerrock angezogen hatte, fühlte sie sich beinahe wie neugeboren.

Jetzt noch schnell in die Internatsküche – und hoffen, dass Frau Käthe sie nicht erwischte. Mal sehen, was man im Kühlschrank an leckeren Resten rauben konnte.

„Du kommst mir gerade recht“, sagte Frau Käthe, als Mila leise in die Küche schleichen wollte. Mila blieb ertappt auf der Stelle stehen.

Der ganze schöne Plan knallte auf den Boden und zersprang in tausend Stücke. Pech gehabt.

„Ich … ich … wollte …“, stotterte Mila.

„Mir helfen?“, fragte Frau Käthe und deutete auf die Tabletts mit belegten Broten und einen 10-Liter-Kochtopf, aus dem Dampf aufstieg. Erst jetzt bemerkte Mila, wie gut es in der Küche roch. Nach Erbsensuppe und Würstchen und frisch aufgeschnittenem Brot.

„Hat dir Nele etwa nicht Bescheid gesagt?“, wunderte sich Frau Käthe. „Ich habe euch allen etwas zurechtgemacht. Zur Feier des Tages – weil es Renate wieder gut geht. Jan ist natürlich auch eingeladen. Alles ist fertig und du kannst es mit in euren Gemeinschaftsraum nehmen!“

„Ich sterbe vor Hunger ... Darf ich vielleicht jetzt schon? “, fragte Mila vorsichtig.

„Greif zu“, lachte Frau Käthe. „Was möchtest du? Käsebrot mit Senfgürkchen oder Eiersalat oder einen Gemüsespieß?“

„Wenn Sie schon fragen: Käsebrot mit Senfgürkchen *und* Eiersalat *mit* Gemüsespieß“, sagte Mila und umarmte die Köchin fest. „Danke, danke, danke.“

Mila stellte die letzten laminierten Bilder der giftigsten Giftpflanzen als Abschreck-Deko auf den Tisch im Gemeinschaftsraum und hängte eine Piratenflagge mitsamt Totenkopf darüber auf.

„So. Damit wäre der Lernteil für den heutigen Abend beendet“, meinte Mila. „Nie werden wir diese Monsterpflanzen je wieder vergessen!“

„Jawohl“, hauchte Franzi. „Goldregen, Heckenkirsche, Sumpfdotterblume, Buschwindröschen. Schon allein bei diesen ‚gruseligen' Namen gefriert mir das Blut in den Adern."

„Wenn du erlebt hättest, was diese Sumpfdotterblumen mit Renate gemacht haben, würdest du nicht so reden", wies Mila sie zurecht. „Auch wenn ich zugeben muss, dass die meisten Giftpflanzen ziemlich harmlos klingen."

„Hast ja recht. War nicht so gemeint. Sorry", entschuldigte sich Franzi und stopfte sich ein Leberwurstbrot in den Mund. Dabei rutschte der weite Ärmel ihrer schwarzen Tunika zurück und Mila erhaschte einen Blick auf das selbst gemalte Kugelschreiber-Tattoo auf ihrem Unterarm: *Luke* und *Love* und irgendwas wie *Karpfen* konnte sie lesen, bevor Franzi den Einblick in ihr gekritzeltes Gefühlsleben bemerkte und den Stoff schnell wieder über den Arm streifte.

„Wehe du sagst ein Wort!", warnte sie Mila.

„Ich schweige wie eine deiner Grab-und-Friedhof-Bands", versicherte Mila.

Franzi verdrehte die Augen. „Die schweigen doch nicht", sagte sie genervt. „Die singen!" Dann sah sie sich um, um sich zu versichern, dass niemand die ganze Sache mitbekommen hatte. „Darf ich dich etwas fragen? Ich meine, jetzt, wo du mein Geheimnis kennst … Du kennst dich doch in so Liebessachen aus, oder?“

Oh nein, dachte Mila. Da wendest du dich gerade genau an die Richtige.

Doch sie wollte Franzi nicht enttäuschen und nickte ihr aufmunternd zu. „Was gibt’s?“

„Nicht hier!“ Franzi führte Mila aus dem Raum, den Flur entlang und in ihr Zimmer, das sie als einzige Internatsschülerin ganz für sich allein hatte.

Mila hatte das Gefühl, eine Höhle zu betreten. Die Vorhänge an den Fenstern waren zugezogen und Franzi hatte schwarzes Transparentpapier an die Scheiben gehängt, sodass nur sehr wenig Licht hineindrang. Die Wände waren komplett mit Band-Postern zugekleistert. Die Musiker darauf waren alle schwarz gekleidet und schienen aus einem anderen Jahrhundert zu stammen. Die Frauen trugen schwarze Spitzenkleider und die Männer hatten dunkle Kutten an. *Black Night*, konnte Mila lesen. Und *Sisters of Raven*. Meine Güte, war das unheimlich! Wie konnte Franzi sich hier nur wohlfühlen? Mila war sich sicher, dass sie hier kein Auge zumachen könnte, ohne dass nicht zumindest eine der Rabenschwestern sie in ihre Träume verfolgen würde.

Zu allem Übel schloss Franzi nun auch noch ihr Handy an den Lautsprecher an und eine quietschende Geige begann, eine düster-traurige Melodie zu spielen.

„Ich weiß nicht mehr, was ich tun soll", jammerte Franzi und ließ sich mit einem Plumps auf ihr Bett fallen. Dann schob sie den Ärmel der Tunika hoch. „Da, schau es dir in Ruhe an. Und dann gib mir einen Rat …"

Mila betrachtete Franzis Arm. Zwei steigende Pferde, die mit ihren Vorderhufen ein Herz formten. In dem Herz stand: *Luke und Franzi, forever in love.* Also hatte sie richtig gesehen! Nur der Karpfen war doch kein Karpfen, sondern *Carpe diem.* Die Worte schlängelten sich in schnörkeligen Buchstaben in den Mähnen der Pferde.

„Du kannst ja richtig gut zeichnen", meinte Mila anerkennend. „Cool!"

„Kann schon sein", antwortete Franzi. „Bloß nützt mir das absolut gar nichts. Wie soll ich Luke denn klarmachen, dass wir füreinander bestimmt sind? Ich würde *alles* für ihn tun. Er ist einfach der wunderbarste, hübscheste und klügste Mann auf der ganzen Welt!"

„Du hast die Wurzel des Problems genau erkannt", sagte Mila und strich über Franzis Hand. „Luke ist ein *Mann* und kein Dreizehnjähriger."

Franzi sah Mila an, als hätte die sich gerade ihre Unterhose verkehrt herum auf den Kopf gesetzt. „Glaubst du im Ernst, ich würde mich in einen Dreizehnjährigen verlieben? Schau dir die Jungs aus unserer Klasse doch bitte mal an. Die sind alle voll kindisch!"

Mila dachte an Jan, an seine blonden Strubbelhaare und an seine braunen Augen. Franzis Ansage war ganz schön hart und ungerecht. „Na komm, nicht alle!"

„Also für mich ist die Sache klar. Mein Herz gehört Luke. Fünfzehn Jahre sind doch nichts. Meine Mutter ist auch zehn Jahre jünger als mein Vater. Und das Coolste ist: Black Velvet und Jolly Jumper verstehen sich supergut. Sie sind beste Freunde. Das merke ich genau." Franzi lächelte glückselig. „Wir sind Traumpaare. Das steht fest. Nur weiß ich eben nicht, wie ich Luke davon überzeugen kann, dass ich seine Traumfrau bin. Ich habe ein Lied für ihn geschrieben. Meinst du, ich sollte es ihm vorspielen?"

Mila wusste nicht so recht, was sie sagen sollte. Wie würde wohl ein musikalisches Liebesgeständnis nach Franzi-Art klingen? Und wie würde es heißen? *Ein Kuss von dir vorm Friedhofstor?* Oder *Schwarz, schwarz, schwarz sind alle meine Kleider*?

„Magst du es erst einmal mir vorsingen?“, fragte Mila vorsichtig.

Franzi holte eine schwarz lackierte Gitarre hinter ihrem Bett hervor.

„Gute Idee.“ Sie stimmte die Saiten und legte los:

„Sacht wie der Wind
Mein Herz wird munter
Sacht wie der Wind
Mein Leben bunter
Lalalalalala, lala, lala

Du hältst mich warm
im Hier und Jetzt
In deinem Arm
Lebendig, endlich
eins mit mir
und eins mit dir?
Lalalalalal, lala, lala.“

Wow. Mila war wie gebannt. Das hatte sie nicht erwartet: Franzi hatte eine warme und tiefe Stimme. Und die Melodie, die sie sich ausgedacht hatte, war einfach wunderschön. Fröhlich und romantisch zugleich und mit echtem Ohrwurm-Potenzial!

„Franzi, du singst unglaublich gut! Und der Song ist einfach klasse. Ich wusste gar nicht, dass du so eine tolle Musikerin bist."

„Echt? Findest du?" Franzis Wangen wurden so rosa wie der Rosenquarz um ihren Hals. „Du denkst also, ich soll Luke das Lied vorspielen?"

Mila überlegte fieberhaft, wie sie Franzi beibringen konnte, dass das keine gute Idee war. Trotzdem wollte sie Franzi nicht enttäuschen. Aber hier war nun mal ihre ehrliche Meinung gefragt. Das war sie Franzi schuldig, schließlich war sie ihre Freundin.

„Der Song ist mega. Und ich denke, er würde Luke auch gefallen. So rein musikalisch. Ich denke aber, du solltest abwarten. Ihm deine Gefühle nicht zu offen sagen. Selbst wenn er dich auch toll fände – er dürfte sich gar nicht in dich verlieben, Franzi. Er ist dein Lehrer. Er würde sich strafbar machen!"

Franzi sah Mila erschrocken an. „Mist. Du hast recht. Daran habe ich noch gar nicht gedacht. Ich will ihm auf keinen Fall Ärger machen."

Puh. Ein Glück! Mila war froh, dass sie Franzi ohne

größeren Nervenzusammenbruch ihrerseits von dem Vorhaben hatte abbringen können.

„Komm, lass uns wieder rübergehen“, schlug Mila vor. „Und nimm deine Gitarre mit. So, wie ich die anderen kenne, haben die nichts gegen ein bisschen Lagerfeuer-Gesang ohne Lagerfeuer. Motto der Veranstaltung: Lieder mit Pferd!“

Franzi lachte und hakte Mila unter. Dann sang sie: „Hoppe, hoppe, Reiter …“

Mila grinste. „Hey, schon das zweite Lied ohne Todessehnsucht! Ich staune, ich staune.“

Schreie auf dem Hof

Mila sah auf den Kalender, der über ihrem Schreibtisch hing. Der Tag des Turniers war dick und rot eingekringelt. Sie zählte die Tage. Nur noch eine gute Woche bis zum Turnier in Bolsenbüttel.

Sie fühlte sich mehr als gut vorbereitet. In den letzten beiden Wochen hatten sie abwechselnd Springtraining und Pferde-Yoga gehabt. Auch würde sie zusammen mit Michel in einer niedrigeren Springklasse antreten, das nahm den Druck etwas raus. Anders als bei Nele. Die konnte schon seit Wochen nicht mehr richtig schlafen. Mila hatte ab und zu gehört, wie sie sich nachts hin und her gewälzt hatte. Außerdem war sie fast so wortkarg wie noch vor ein paar Wochen. Mila schwankte zwischen Mitleid, weil sie Neles Situation nun besser kannte, und einem Selber-schuld-Gefühl. Sie verstand einfach nicht, warum Nele so oft die Oberzicke spielte, obwohl Charly und sie vor ein paar Wochen Neles Pferd Fairy gerettet hatten. Aber darauf ansprechen wollte sie Nele nicht. Mila hoffte, dass sich die Situation irgendwann ganz von alleine entspannen würde. Vielleicht, wenn das Jahresabschlussturnier vorbei war?

Sie warf einen Blick zu ihrer Mitbewohnerin, die mit gerunzelter Stirn auf dem Bett lag und Pferdekunde lernte.

„Soll ich dich abfragen? Wir müssen erst in zwanzig Minuten zum Training“, startete Mila einen Annäherungsversuch.

Nele schüttelte den Kopf. „Kein Bedarf.“ Sie vertiefte sich wieder in das aufgeschlagene Buch.

Mila klappte ihren Laptop auf. Sofort erschienen drei Bilder als Desktophintergrund. Ein Bild von Renate und Tini als Marsmännchen verkleidet, ein Bild von Adesso, der am Strand entlanggaloppierte, und ein Bild von Fenja, der schwarzen Isländerstute, die neugierig genau im Moment der Aufnahme ihr Maul in Richtung Kamera streckte.

Versonnen blickte Mila Fenja an. Die Stute war ihr richtig ans Herz gewachsen. Jedes Mal, wenn sie bei Jan zur Probe gewesen war, noch ein Stückchen mehr. Mittlerweile konnte sie die Faszination, die diese Pferde mit dem lustigen Charakter ausübten, gut verstehen. Mehr als nur verstehen, wenn sie ehrlich war. Immer öfter träumte sie davon, mit einem der Ponys durch die Dünen zu tölten, näher am Boden und dennoch schnell wie der Wind. Die Isländer liebten ihre Freiheit und konnten ganz wunderbar fast ohne Menschen klarkommen. Mit ihrem dichten Fell und ihrer Geduld trotzten sie Wind und Regen. Und trotzdem waren sie sehr menschenbezogen und verbrachten gerne Zeit mit den Zweibeinern. Je mehr Zeit sie mit den Isländern verbrachte, desto mehr konnte sie auch Jans Abneigung gegen den Pferdesport verstehen. Auch wenn auf *Inselglück* sehr viel Wert darauf gelegt wurde, dass es den Vierbeinern prächtig ging und Reiter und Pferd als Team zusammenarbeiteten, mussten sich die Pferde doch dem Willen der Reiter unterordnen. Mila wusste und spürte, dass Adesso Spaß hatte, deswegen war das Springreiten für sie in Ordnung. Doch sie wusste auch, dass es vielen Pferden nicht so gut ging wie Adesso. Pferde, die Reiter hatten, denen es einzig und allein um den Sieg ging.

Mila hatte aber nicht nur die Zeit mit den Islandpferden genossen. Sie hatte in den letzten Wochen auch Jan viel besser kennengelernt. Er war zwar nicht der Fels in der Brandung wie Michel, doch er steckte voller Ideen und lustiger Einfälle. Sobald sie sich trafen, war Quatschmachen angesagt! Über die Nacht im Stall hatten sie allerdings nicht mehr gesprochen. Es hatte sich einfach nicht die passende Gelegenheit geboten. Schon allein, weil Tini und Renate bei den meisten Proben mit dabei waren. Manchmal fand Mila das schade, aber auf der anderen Seite hätte es möglicherweise nur die leichte und lustige Stimmung während der Proben zunichtegemacht.

Plötzlich drangen vom Innenhof laute Stimmen durch das gekippte Fenster. Mila sah von ihrem Bildschirm auf und lauschte, doch sie konnte nichts verstehen. Irgendwas war passiert! Hoffentlich ging es den Pferden gut … Sie musste nachsehen, ob sie helfen konnte.

Nele schien den gleichen Gedanken gehabt zu haben, denn sie war aufgesprungen und lief mit sorgenvollem Gesicht zur Tür hinaus.

Mila rannte den Gang entlang und warf dabei einen Blick durch die Fenster zum Stall. Zum Glück! Den Pferden ging es gut! Adesso und Renate standen ruhig in ihrer Box und kauten Heu. Auch den anderen Pferden, soweit Mila das im Vorbeigehen erkennen konnte, war nichts geschehen.

Als sie die Tür zum Hof aufstemmte, hatte sich bereits eine ganze Menge an Schaulustigen versammelt. Ansonsten war alles ruhig. Mila wandte sich an Elisa, eine der älteren Reitschülerinnen, die Mila schon mal Springreit-Nachhilfe gegeben hatte. „Was ist denn los?"

Elisa zuckte mit den Schultern. „So genau weiß ich das gar nicht. Herr Gründgen und Michel haben sich total gezofft und Michel ist voll ausgerastet. Und dann war Stille."

Michel und ausgerastet? Das passte überhaupt nicht zu ihm. Da musste etwas Fürchterliches geschehen sein!

„Weißt du, wo Michel ist?", fragte Mila.

Elisa schüttelte den Kopf. „Nö, keine Ahnung."

Mila stand etwas verloren neben ihr und überlegte: Wo konnte Michel hin sein? Zu Pferdinand? Das war sicher sein erster Impuls gewesen, aber im Stall war auch sein Vater. Und dem wollte er nach einem Streit sicher nicht über den Weg laufen.

Na klar! Plötzlich wusste Mila, wo sie Michel suchen musste. In dem kleinen Wald hinter den Stallungen, dort, wo sie Michel kurz nach ihrer Ankunft im Internat zum ersten Mal gesehen hatte!

Mila bahnte sich ihren Weg durch die sich auflösenden Grüppchen und lief den kleinen Feldweg entlang, der in das Wäldchen führte.

Sie musste die Hand vor Augen halten, denn die Sonne blendete. Schnell legte sie die letzten Meter zurück, um im Schatten der Bäume zu laufen. Ah, hier war es schon bedeutend kühler.

Mila ging langsam weiter und sog den Duft der trockenen Erde und der Blätter ein. „Michel?“, rief sie leise. „Bist du da?“

Anstatt einer Antwort hörte sie ein leises Schluchzen.

Oh nein, Michel weinte!

Unter ein paar jungen Buchen, deren Kronen eine Art Höhle bildeten, konnte sie eine zusammengekauerte Gestalt erkennen.

„Michel?“, fragte Mila noch einmal.

„Hau ab!“, zischte die Gestalt. „Oder willst du dich etwa mit einem Pferdequäler abgeben?“

Ein unglaublicher Verdacht

Mila hielt erschrocken inne. „Was meinst du damit? Du bist doch kein Pferdequäler!"

„Tja, für Frau Steinbach und für meinen Vater bin ich das wohl!", rief Michel. Sein Gesicht war so verzerrt, dass Mila ihn kaum wiedererkannte.

Langsam und ganz sachte kam sie näher.

„Michel, bitte. Was ist denn passiert?"

„Wenn ich das nur wüsste!", presste Michel hervor. „Kann ich dir vertrauen?"

Mila nickte. „Das weißt du doch. Du bist mein bester Freund!" Mila durchfuhr das schlechte Gewissen wie ein Blitz. Stimmte das überhaupt noch? Seit sie so viel Zeit mit Jan verbrachte, hatten Michel und sie sich voneinander entfernt. Egal. Michel war auf jeden Fall ein guter Freund. Ob er nun der beste war, spielte in diesem

Moment überhaupt keine Rolle. „Du kannst mir alles anvertrauen. Und ich verspreche, niemandem ein Wort davon zu erzählen."

Michel sah sie unglücklich an.

„Ich verstehe meinen Vater sogar. Alles spricht gegen mich. Nur, dass er es gleich der Steinbach melden muss? Warum redet er nicht zuerst mit mir?" Michel seufzte. „Aber das hätte sicher auch nichts genützt. Ich würde mir selber auch nicht glauben an seiner Stelle."

„Vielleicht erzählst du mir erst einmal, was eigentlich los ist. Ich verstehe nämlich, ehrlich gesagt, immer nur Pferdeapfel", meinte Mila.

„Gestern hat sich mein Vater um Pferdinand gekümmert, weil ich nach Ritteck musste", begann Michel. „Er hat ihn bewegt und hinterher abgesattelt und versorgt. Und eben auch die Sprungglocken angelegt. Die neuen, die Pferdinands Beine besser schützen sollten. Dabei hat er bemerkt, dass Pferdinands Fesseln heiß sind und seltsam riechen. So …" Michel stockte. „… als ob ihn jemand mit Rheumacreme eingerieben hat."

„Rheumacreme? Wieso denn das?", fragte Mila verwirrt.

„Diese Creme macht die Beine eines Pferdes so empfindlich, dass es Schmerzen hat, wenn es eine Stange reißt“, erklärte Michel. „Das Pferd springt beim nächsten Mal aus Angst vor dem Schmerz höher. Mein Vater denkt jetzt, dass ich das aus Ehrgeiz gemacht habe, um schneller die schwereren Turniere reiten zu dürfen.“

„Das würdest du doch niemals machen! Das ist furchtbare Tierquälerei“, empörte sich Mila weiter. „Das schiebt dir jemand in die Schuhe! Pferdinand steht für alle frei zugänglich im Stall. Die Salbe hätte jeder auf seine Fesseln schmieren können. Wieso denkt dein Vater denn, dass du das gewesen bist? Er kennt dich doch!“

Michel sackte noch ein Stückchen weiter in sich zusammen. „Das ist nicht das Einzige. Ich war total empört über seinen Vorwurf und habe meinen Spind aufgesperrt, damit er ihn durchsuchen kann. Ich wusste ja, dass ich unschuldig bin. Doch damit habe ich natürlich nicht gerechnet …“ Michel zuckte mit den Schultern.

„Jemand hat das Beweismittel in deinen Spind gelegt?“, fragte Mila schockiert.

„Bingo. Und ich habe keine Ahnung, wie die Creme dahin gekommen ist, ich schwöre. Auch noch so schön versteckt im hintersten Winkel, so als ob ich sie tatsächlich hätte verbergen wollen.“

„Oh nein. Und dann war die Sache für deinen Vater klar?“

Michel nickte. „Sonnenklar. Ich allein habe einen Schlüssel zu dem Spind. Und dazu kommt noch, dass ich wohl in letzter Zeit tatsächlich ein paar Sprüche losgelassen habe, die ziemlich ehrgeizig geklungen haben müssen, wie ‚Die steck ich locker in die Tasche‘ und so. Da hat er eins und eins zusammengezählt.“

Mila sah Michel an. „Und du bist dir ganz sicher, dass die Creme nicht von dir ist?“

„Glaubst du mir jetzt etwa auch nicht?“ Michel sah Mila gekränkt an. „NEIN. Ich habe diese Tube noch nie gesehen! Und ich habe keine verdammte Ahnung, wie sie in meinen Spind gekommen ist. Ich habe mit dieser ganzen Doping-Nummer nichts zu tun!“

„Ja, klar. ’tschuldige … Und jetzt?“

„Jetzt bin ich bis auf Weiteres vom Training ausgeschlossen und darf Pferdinand nicht mehr reiten.“ Michel lief eine dicke Träne über die Wange. „Weißt du, auf die Turniere und das Springreiten könnte ich locker verzichten. Aber Pferdinand nicht mehr reiten zu dürfen und mich nicht einmal um ihn kümmern zu können, macht mich total fertig. Ich habe so lange darauf gehofft und gefiebert, ein eigenes Pferd zu haben. Ich weiß natürlich, das Pferdinand nicht mir gehört, sondern dem Internat. Doch irgendwie hat es sofort KLICK gemacht zwischen uns – wir gehören zusammen."

Mila überlegte nicht lange. Michel tat ihr so leid, dass sie ihn einfach in den Arm nehmen musste – ganz fest. Sanft strich sie ihm über den Rücken, bis er sich wieder beruhigt hatte.

„Du bist unschuldig. Und das werden wir beweisen. Ich habe zwar noch keinen blassen Schimmer wie, aber das schaffen wir schon", sagte Mila. „Das, was dir hier passiert ist, ist kriminell. Wir müssen den wahren Täter finden."

Michels Augen waren vom Weinen feuerrot. Er sah Mila an und lächelte.

„Es ist wirklich nett, dass du helfen willst. Aber lass mal lieber. Das ist viel zu gefährlich. Da will mich jemand ganz gezielt fertigmachen. Und er ist sicher kein Anfänger, wenn er Spinde knacken kann, ohne die geringste Spur zu hinterlassen."

„Sag mal, so kenne ich dich gar nicht! Willst du einfach so aufgeben? Das kommt doch überhaupt nicht in die Tüte!" Logo, dass Michel traurig und enttäuscht war.

Aber Mila konnte es doch nicht zulassen, dass er einfach die Flinte ins Korn warf!

„Jetzt wird gekämpft und nachgedacht!", forderte Mila mit fester Stimme. „Na los. Was passiert in einem Krimi immer als Erstes?"

„Jemand entdeckt eine Leiche?"

„Haha, sehr witzig." Mila knuffte Michel in die Seite und zog die Nase kraus. „Obwohl …", überlegte sie. „Wir haben es hier auch mit Mord zu tun. Rufmord! Dein Vater und Frau Steinbach denken, dass du dein Pferd manipulierst, um mehr Erfolg zu haben, richtig?"

Michel nickte.

„Wer hat am meisten davon, wenn du nicht mehr reiten darfst?" Mila trommelte mit den Fingern auf ihrem Knie herum. „Das ist die Frage, die wir uns stellen müssen, um eine Liste der Verdächtigen erstellen zu können."

„Eigentlich hat niemand etwas davon", meinte Michel nach einer Weile. „Frau Steinbach hat nun wieder das Problem, keinen Reiter für Pferdinand zu haben und die anderen aus der Klasse … denen kann es doch egal sein, ob ich reite oder nicht."

„Du bist gut. Und du wirst immer besser, vergiss das nicht. Außerdem bist du der Sohn des Stallmeisters. Das hat natürlich Vorteile, die nicht jedem gefallen. Vielleicht möchte jemand ganz gezielt einen Keil zwischen dich und deinen Vater treiben?“ Mila stützte den Kopf in die Hände. „Könnte es jemand aus unserer Klasse sein? Möglich. Aber auch die höheren Klassen beobachten unser Training – das habe ich schon bemerkt. Wirklich ausschließen können wir also fast niemanden.“

„Du willst dich also umhören, ob jemand heimlich, still und leise gegen mich gewettert hat?“, fragte Michel und in seinen Augen konnte Mila neben der Enttäuschung nun wieder ein bisschen Mut erkennen.

„Oder auch unheimlich schrill und laut. Wer weiß? Aber das kannst du natürlich nicht selbst übernehmen. Du tust die nächste Zeit einfach so, als würdest du dich deinem Schicksal fügen, alles klar? Und Charly und ich werden uns einen Mega-Super-Detektivplan ausdenken, um den wahren Übeltäter zu finden.“

Mila hatte sich richtig in Fahrt geredet. Am liebsten wollte sie sofort loslegen. Verdächtigenlisten schreiben, Leute beschatten und verhören und auf Adessos Rücken die wildesten Verfolgungsjagden reiten. Ha! Der Täter sollte nur aufpassen! Nun hatte er es mit Special Agent Mila und ihrem Spürhengst Adesso zu tun!

Fünf Spürnasen für Michel

Tini knallte einen Stapel Zeitschriften auf Milas Schreibtisch. „Können wir auch sicher sein, dass wir hier ungestört sind?“, flüsterte sie verschwörerisch in die Runde.

Sie hatten sich heute zum ersten geheimen Rettet-Michel-Treffen zusammengefunden. Die Nachricht von Michels Suspendierung verbreitete sich im Internat wie ein Lauffeuer und spaltete die Schüler in zwei Lager.

Die einen hielten zu Michel und verkündeten, sie wüssten genau, dass Michel so etwas niemals machen würde. Die anderen posaunten überall herum, dass sie Michel schon immer ziemlich komisch gefunden hätten und dass es gut sei, dass er nun aus dem Verkehr gezogen worden war.

Mila war das ganze Gequatsche zuwider. Weder die einen noch die anderen kannten Michel wirklich.

Michel hatte seine Sachen gepackt und war bei einem Freund in Ritteck untergekommen, dessen Eltern nichts dagegen hatten, dass Michel eine Zeit lang bei ihnen wohnte.

Mila fand die Entscheidung prima – so bekam Michel von dem blöden Gerede nichts mit. Und sie konnten in aller Ruhe die Ermittlungen starten …

„Ja. Nele hat einen Extra-Termin bei Luke. Thema: Loslassen“, beruhigte Mila sie. „Die kommt frühestens in einer Stunde zurück.“

„So wie ich Nele kenne, braucht sie dafür wohl eher eine Woche“, kicherte Charly. „Die ist so krass verbissen und ehrgeizig wie sonst niemand.“

„Doch! Mark kann da locker mithalten“, meinte Mila.

„Okay“, zischte Tini. „Lasst uns beginnen. Haben wir alles nach Wanzen abgesucht?“

„Wanzen? Igitt. Hier gibt es doch keine Wanzen.“ Mila schüttelte sich.

„Was seid ihr denn für Detektive? Wanzen sind kleine Abhörgeräte!“ Tini schlug eine der Zeitschriften auf. Erst jetzt bemerkte Mila, dass ihre Cousine überall knallrote Notizzettel mit Ausrufezeichen geklebt hatte. Tini deutete auf eine Seite, die sie zusätzlich in Giftgrün umkringelt hatte. „Sicherheitsmaßnahmen für Detektivinnen" lautete die Überschrift.

„Hier steht alles, was man vorher checken muss. Also, bevor die Hauptermittlung beginnt", sagte Tini und machte sich daran, die Lampen im Zimmer nach Mikrofonen abzusuchen.

Mila nahm die Zeitschrift und betrachtete das Cover. *Cindy – Tatort Reiterhof.* War das *die* Cindy, von der Tini und Isa sich immer die neuesten Schminktipps holten? Die Comic-Cindy, die süße Pferdegeschichten auf dem Gestüt Ackerwinde erlebte? Mila wedelte mit der Zeitschrift in der Luft herum. „Seit wann ist Cindy denn Detektivin? Wusste ich noch gar nicht …"

„Ungefähr ein Jahr schon", antwortete Tini vollkommen ernst. „Seit bei ihr im Gestüt die merkwürdigsten Betrügereien und Diebstähle passieren. Furchtbar nicht? Dabei war es da früher immer so ruhig und friedlich. So wie auf *Inselglück*. Hoffentlich wird es hier nicht so schlimm wie bei Cindy auf dem Reiterhof."

Mila konnte nicht anders. Ein Grinsen machte sich auf ihrem Gesicht breit. Bei Tini vermischten sich mal wieder Geschichten und die Wirklichkeit. Doch Mila beschloss, ihre kleine Cousine besser nicht aufzuklären, dass es Cindy gar nicht wirklich gab und der Zeitschriften-Verlag die „sensationellen Fälle“ auf Ackerwinde nur erfunden hatte, weil er damit eine Menge Exemplare verkaufte.

„Die Bude ist sauber“, verkündete Tini, nachdem sie auch noch unter Milas Matratze gesucht hatte. „Es kann losgehen.“ Sie zog eine karierte Schirmmütze aus ihrem Rucksack, setzte sie auf und zückte einen Block und einen Bleistift.

„Tatsache ist, dass jemand Michel die Sache in die Schuhe schieben will. Die große Frage ist nun: Wer? Und warum?“, fragte Charly.

Tini kritzelte etwas auf den Block. „Ich mache mal eine Spalte für die Verdächtigen und eine Spalte für die Motive.“

„Das bringt doch nichts. Im Grunde ist das Motiv doch klar. Jemand möchte Michel als Konkurrenz ausschalten. Jemand hat mitbekommen, dass er sehr schnell lernt und bald zur Gefahr werden könnte. Damit sind fast alle verdächtig, weil jeder hier das Ziel hat, so gut wie möglich zu springen. So gut, dass man irgendwann im Olympiakader reiten darf. Richtig?“

„Wir können ja schlecht alle beschatten“, meinte Tini

und faltete ein Zeitungsblatt mit zwei Beobachtungs-Gucklöchern zusammen. „Außerdem wird der Täter ja nicht so blöd sein, Pferdinand noch mal einzucremen. Jetzt, wo Michel weg ist. Das hieße ja, dass Michel unschuldig ist. Nee, Beschatten können wir vergessen."

„Uns muss etwas anderes einfallen", überlegte Charly. Gedankenverloren spielte sie mit einer kleinen Dose, die an einer der Zeitschriften befestigt war. „Fingerabdruckpulver", las sie vor.

„Genau", quiekte Tini los. „Charly, du bist ein Genie! So machen wir es!"

„Aha", sagte Mila und guckte Tini verständnislos an. „Das musst du uns erklären."

„Ein Genie ist so'ne Art Superhirn mit Supergedanken, weißt du das nicht?" Nun sah Tini sie verständnislos an.

„Doch, das weiß ich. Aber was sollen wir machen? Und wie?"

„Na, wir nehmen Fingerabdrücke! Und wo finden wir die? An Pferdinands Springglocken! Da müssten Michels Abdrücke, die von Herrn Gründgen und natürlich von demjenigen, der das mit der Rheumacreme war, sein. Dann müssen wir nur noch an das Putzzeug von allen

Schülern. An den Kardätschen und an den Striegeln müssten von jedem gut erkennbare Abdrücke zu finden sein." Tini stellte sich breitbeinig und mit überkreuzten Armen hin. „Der Rest ist Fleißarbeit … Vergleichen, vergleichen, vergleichen – bis wir den Täter haben."

Mila sprang auf und knutschte Tini einen Kuss auf die Wange.

„*Du* bist das Genie", sagte sie. „Wenn das klappt, können wir beweisen, dass Michel unschuldig ist. Wann legen wir los?"

Fingerspitzengefühl

„Wann hast du es geschafft, dich und Renate auch noch zu verkleiden?“, fragte Mila und strich dem Mini-Pony über das weiche Maul.

Um Renates Hals baumelte Tinis Digitalkamera und zwischen den Ohren prangte – genau wie bei Tini – eine karierte Detektivschirmmütze.

Tini hatte zusätzlich einen viel zu großen beigefarbenen Trenchcoat ihrer Mutter um sich herumgewickelt und Renate eine karierte Satteldecke besorgt.

„Darf ich vorstellen? Sherlock“, Tini zeigte erst auf sich und dann auf Renate, „und sein treues Spürpferdchen Watson. Wir sind nicht verkleidet. Wir sind Detektive.“ Sie kramte eine Weile einhändig in ihrem Herrentäschchen, das sie ums Handgelenk trug.

„Hier“, sagte sie stolz und überreichte Mila zwei weitere Döschen, auf denen *Fingerabdruckpulver* stand. „Die Schreibwaren-Frau in Ritteck hatte noch zwei Ausgaben der *Cindy* mit diesem Extra. Da hatten wir wirklich Glück."

„Tini, du bist die Beste!"

Tini legte den Zeigefinger über die Lippen. „Pst. Leise. Wir wissen ja nicht, ob wir hier im Stall nicht belauscht werden."

Sie hielt ihre Armbanduhr nach oben. „Wir treffen uns um elf Uhr nachts genau an diesem Ort wieder. Uhrenvergleich!"

Mila wunderte sich. Tini hatte es irgendwie geschafft, sich an ihrer Mutter vorbeizuschleichen und pünktlich im Stall zu sein. Und das, obwohl Tante Caro sicher noch nicht geschlafen hatte.

„Tarnung ist alles", sagte Tini und deutete auf ihre schlammbraune Hose. „Hat fast die gleiche Farbe wie unser Parkett. Ich bin einfach an ihr vorbeigerobbt."

Mila gähnte. „Wie machst du das nur? Ich meine, so furchtbar wach zu sein. Ich bin total müde."

Adesso und Renate hingegen waren genauso wach wie Tini. Und sie freuten sich ziemlich geräuschvoll, Charly,

Mila und Tini so spät noch zu sehen. Renate scharrte mit dem Huf am Holz der Boxentür und Adesso schubberte sich ausgiebig an der Heuraufe.

„Hey, ihr beiden!“ Charly öffnete die Tür der Box und hielt jedem einen schrumpeligen Apfel hin. „Hier habt ihr einen Bestechungsapfel. Aber dann schön leise sein. Verstanden?“

Adesso sah Charly aufmerksam an und rieb seinen Hals an ihrem Arm. Renate knabberte an Charlys Hosentasche. Es konnte ja schließlich sein, dass darin noch ein Apfel auf sie wartete.

Charly lachte und ließ Renate schnuppern. „Alles weg, meine Kleine. Ich veräpple dich nicht. Ihr müsst jetzt ganz brave Pferde sein. Tini, Mila und ich müssen Michel retten.“

Adesso nickte mit dem Kopf, so als wolle er sagen: Na, dann macht doch endlich. Los geht’s!

„Wir müssen mit den Springglocken von Pferdinand beginnen“, wies Tini an. „Und dann herausfinden, welche der Fingerabdrücke nicht von Michel oder Herrn Gründgen stammen.“

Die erste Herausforderung war, Pferdinands Springglocken überhaupt zu finden. Herr Gründgen hatte sie in sein Büro gelegt, wahrscheinlich, weil er sie gründlich reinigen wollte, vermutete Mila.

Zum Glück hatte er es noch nicht getan.

„Das riecht ganz schön übel“, meinte Tini und verzog das Gesicht.

„Und brennt wie Hölle. In der Creme ist Chili drin. Also der Wirkstoff. Tut bei Rheuma gut, aber wenn man gesund ist, macht es die Haut einfach nur superempfindlich und heiß“, erklärte Charly.

„Chili? Echt? Was du alles weißt!“ Mila sah ihre Freundin bewundernd an.

Charly winkte ab. „Das weiß doch jeder, der schon etwas länger mit dem Springreiten zu tun hat. Ist eine echt üble Sache dieses chemische Barren – so nennt man das nämlich.“

„Hoffentlich hat der Täter keine Handschuhe getragen“, kam es Mila plötzlich in den Sinn. „Die Creme brennt doch auch an der Hand.“

Tini holte das Fingerabdruckset und bestrich die Glocke mit dem grauen Graphitpulver. „Bingo“, sagte Tini zufrieden. „Hier wimmelt es vor erstklassigen unterschiedlichen Fingerabdrücken. Und jetzt geht die Arbeit erst so richtig los!“

Mila sah auf die Uhr. Halb drei Uhr nachts. Tini hatte recht behalten, das Fingerabdrucksammeln war richtig viel Arbeit gewesen. Tini hatte die Fingerabdrücke gesichert und Charly und Mila hatten abwechselnd mit der Taschenlampe geleuchtet und die Putzboxen jedes einzelnen Reitschülers angeschleppt.

Nun saßen sie in einem Chaos aus einzelnen Blättern, auf denen Namen und erbeutete Fingerbadrücke – mit durchsichtigem Klebeband gesichert – notiert waren.

Tini hatte wie in einem Rausch gearbeitet, doch als Mila die letzte Putzbox ins Regal zurückstellte, war sie ganz blass im Gesicht und rieb sich müde die Augen.

„Ich kann nicht mehr", fiepte sie leise. „Können wir den Täter bitte morgen weiter überführen?"

„Na klar! Du warst großartig. Aber für heute Nacht ist es echt genug", meinte Mila und half ihrer kleinen Cousine aufzustehen. Dann stapelte sie die losen Blätter zu einem Haufen. „Jetzt wird erst mal geschlafen."

Fleißarbeit

„Hast du die Beweise dabei?“, fragte Charly am nächsten Morgen auf dem Weg ins Klassenzimmer. Sie waren mal wieder ziemlich spät dran und rannten durch den gläsernen Übergang, der den Schlaftrakt der Internatsschüler mit dem Altbau des Internatsgebäudes verband.

Dann quer durch die große Aula in die dunklen langen Flure, von dem die Klassenzimmer abgingen.

„Natürlich nicht!“, antwortete Mila entrüstet. „Ich hab die Sachen unter meinem Kopfkissen versteckt. Keine Panik, ich habe deswegen nicht schlecht geträumt.“

„Ich hab mir weniger Sorgen um deinen Schlaf gemacht als um unsere Fingerabdrücke. Hoffentlich ist nichts verwischt.“ Charly seufzte.

„Auch da kann ich Entwarnung geben. Als Nele weg war, hab ich alles kontrolliert. Was haben wir als Erstes?“

„Englisch“, meinte Charly. „Und dann Pferdekunde. Pegasus, du Himmelspferd, sei mir gnädig und erspar mir eine Abfrage! Ich fürchte, ich bin in beiden Fächern völlig blank.“

„Me too.“ Jetzt war es an Mila zu seufzen.

„Du siehst dermaßen fertig aus. Ich überlege schon die ganze Englischstunde, an wen du mich erinnerst: an ein sehr lebendiges Faultier oder an ein Wiesel im Tiefschlafmodus.“ Jan setzte sich zu Mila und grinste breit.

„Danke für das Kompliment. Ich dachte an irgendwas dazwischen. Ein Tapir kurz nach dem Aufstehen?“, schlug Mila vor.

„Einverstanden.“ Jan knuffte Mila in den Oberarm.

Mila hatte nicht mit dem Stoß gerechnet und konnte sich gerade noch am Tisch festhalten. „Hey, ich bitte um Rücksicht, ich hatte eine sehr kurze Nacht.“

„Was war denn los?“, fragte Jan besorgt.

„Hast du das von Michel gehört? Charly, Tini und ich haben nach dem wahren Täter gesucht.“ Mila strich sich durch die langen braunen Haare, aber kam nicht weit. Mist. Alles verknotet. In der Eile heute Morgen hatte sie vergessen, sich zu kämmen.

„Mila, warum mischst du dich denn da ein? Es ist doch überhaupt nicht sicher, dass Michel nichts mit der Sache zu tun hat. Oder glaubst du ihm etwa blind?"

Mila nickte. „Michel ist unschuldig, das weiß ich einfach."

Jan stemmte sich vom Tisch weg. „Ich schätze mal, dann wird aus unserer Theaterprobe heute Nachmittag nichts, oder? Schließlich hast du ja was viel Besseres vor. Also: Happy Detektivspielen wünsch ich", sagte Jan schnippisch und fuhr sich durchs Haar. „Morgen brauchst du dann auch nicht anzutanzen. Glaubst du, ich habe nichts Besseres vor, als zu warten, bis du mal wieder Zeit für mich hast?"

Shit. Die Theaterprobe, die sie für heute ausgemacht hatte, hatte sie vor lauter Michel-Stress total vergessen. Sofort hatte Mila ein schlechtes Gewissen. Trotzdem brauchte Jan sie doch nicht so anzuschnauzen. Was bildete er sich eigentlich ein. Hatte sie nicht das Recht, einem guten Freund zu helfen? Doch der Zorn, der sonst beinahe automatisch in ihr hochkochte, blieb diesmal weg. Stattdessen fühlte sie sich ganz ruhig.

„Es tut mir echt leid, dass ich das mit der Probe verbummelt habe", sagte sie. „Das hätte nicht passieren dürfen. Aber manchmal gibt es Dinge, die einfach wichtiger sind. Einem Freund aus der Patsche zu helfen, gehört für mich definitiv dazu. Und wenn du jetzt für alle Ewigkeiten sauer bist, kann ich auch nichts machen. Falls du deine Meinung aber ändern solltest, sag Bescheid, wann die nächste Probe ist."

BÄM! Das fühlte sich gut an. Zum ersten Mal war sie in einem Streit ruhig geblieben.

Jan schien alles erwartet zu haben, nur keine vernünftige Mila. Verdattert blickte er sie an. Er sackte in sich zusammen, wie ein Gummitier, aus dem man die Luft herausließ. Dann ging er ohne ein Wort aus dem Klassenzimmer.

Jan hatte auch den ganzen Schulvormittag nichts mehr gesagt. Weder im Unterricht und erst recht nicht zu Mila. Immer, wenn Mila zu ihm nach hinten lugte, starrte er grimmig ins Leere und schien zentnerschwere Gedanken zu wälzen.

Doch Mila hatte vor allem ein Ziel: nicht einzuschlafen. Die superkurze Nacht rächte sich mit schweren Klappaugenlidern und zähem Nebel im Kopf. Wie es wohl ihrer kleinen Cousine in der Grundschule in Ritteck ging? Wahrscheinlich hatte sie sich in ihrem Sherlock-

Kostüm in die Leseecke verzogen und plante den nächsten Schritt. Mila lächelte, als sie an Tini dachte. Wie gut, dass es die kleine Detektiv-Elfe gab!

DINGDANGDONG!

Endlich war Schulschluss. Und die Jagd auf den Täter konnte weitergehen.

Mila deutete auf das kleine, karierte Bündel, das vor ihrer verschlossenen Zimmertür saß und fest schlief. „Unsere Chefdetektivin ist fix und fertig. Und das so knapp vor dem Durchbruch der Ermittlungen."

„Kein Wunder", meinte Charly. „Die ist völlig am Ende. Lassen wir sie noch ein bisschen schlafen."

Mila sperrte die Tür auf und zusammen hoben sie Tini auf Milas Bett.

Tini murmelte etwas von „Renate … schnüffelt … weiter …", aber mehr konnten sie nicht verstehen.

Mila zog die Papiere mit den Fingerabdrücken unter dem Kopfkissen hervor. „Dann fangen wir mal an."

Charly nickte. Mit einem Mal war alle Müdigkeit aus ihrem Blick verschwunden.

„Zuerst müssen wir untersuchen, welche der Fingerabdrücke auf den Springglocken vom Täter sind und welche von Michel oder von Herrn Gründgen stammen", sagte Charly und griff nach den beiden Zetteln, auf denen die Fingerabdrücke von Herrn Gründen und Michel gesichert waren.

Schnell war klar, dass es Abdrücke gab, die weder von Michel noch von seinem Vater stammten.

„Und jetzt müssen wir vergleichen. Wir gehen am besten systematisch vor." Mila musterte ein Blatt nach dem anderen. Als Erstes hatte sie Isas Fingerabdrücke in der Hand.

„Nein, Isa können wir ausschließen. Ihre Rillen sind viel geschwungener."

„Und Franzis viel runder", meinte Mila und legte auch das zweite Blatt zur Seite. „Die war es auch nicht."

Sie verglichen noch zwanzig weitere Fingerabdrücke miteinander, doch kein Treffer.

„Langsam sehe ich nur noch Spiralen und Rillen und Wirbel und Schnörkel", seufzte Charly. „Wie viele haben wir denn noch?"

Mila zählte die verbleibenden Papiere. „Im schlimmsten Fall noch so fünfzig."

„Im schlimmsten Fall?", fragte Charly.

„Wenn der Letzte erst der Täter ist. Ist doch logo."

Charly grinste und zog das letzte Papier unter dem Stapel hervor. „Damit uns *das* nicht passiert."

„Äh, deine Taktik ist, tja … wie soll ich sagen? Ungewöhnlich? Piep, piep, piep." Mila tippte sich lachend an die Stirn.

Charly blickte auf das Blatt in ihrer Hand. „Ungewöhnlich, aber möglicherweise funktioniert sie gerade deshalb. Schau mal, wen ich hier habe! Mark Timmermann. Und wenn ich das Ganze richtig sehe …" Sie nahm Tinis große Lupe in die Hand und blickte von Blatt zu Vorlage und von Vorlage zu Blatt. Dann reichte sie Mila die Lupe. „Haben wir hier einen Volltreffer gelandet."

„Echt jetzt? Mark? Jemand aus unserer Klasse? Es lag nahe, aber irgendwie hab ich es ihm doch nicht zugetraut", raunte Mila. Obwohl sie zu Beginn doch etwas skeptisch war, dass es funktionieren würde, hatten sie mithilfe des Fingeradruckpulvers tatsächlich den Schuldigen gefunden!

„Wir hätten gleich an ihn denken sollen. Überleg doch mal, wie angespannt er die letzten Wochen war. Und wie oft er Michel angepflaumt hat."

„Aber so was? Das ist doch kriminell! Ich dachte immer, Mark ist so ein ‚Bellende-Hunde-beißen-nicht-Fall'.

Ich komm gar nicht damit klar, dass er so was wirklich macht", meinte Mila nachdenklich.

In diesem Moment wachte Tini auf. Sie streckte die Arme nach oben und rekelte sich ausgiebig. „Es kann losgehen!", rief sie fröhlich. „Gebt mir die Lupe! Dann fass ich den Täter."

Showdown

„Das war nicht fair!“, schrie Tini und warf ein Kopfkissen nach Mila. „*Ich* wollte den Täter fassen. Und jetzt ist schon alles erledigt. Ach menno, menno, menno. Ihr seid als Assistenten gefeuert!“ Sie zog sich die Decke über den Kopf.

„Wenn du nicht so eine tolle Chefdetektivin gewesen wärst und nicht so eine super Ausbildung bei Cindy auf dem Reiterhof gemacht hättest, hätten wir den wahren Täter nie finden können“, sagte Charly. „Komm her und sei uns nicht böse, bitte!“

Tini hob die Bettdecke einen Spaltbreit und linste hervor. „Findest du das echt?“, fragte sie ungläubig. „Ohne mich hättet ihr das nicht geschafft?“

„Niemals“, versicherte Mila.

Tini krabbelte aus dem Bett und ihre Wangen leuchteten vor Freude rot wie Erdbeerkaugummi. Dann lief sie zu Mila und kuschelte sich auf ihrem Schoß ein. „Kommt Mark jetzt ins Gefängnis?“

Gute Frage, darüber hatte Mila noch gar nicht nachgedacht. Nun wussten sie zwar, dass Mark Michel die Doping-Sache in die Schuhe geschoben hatte, aber Mila hatte keine Ahnung, was sie mit dieser Information machen sollten.

„Ich glaube, dazu ist er noch zu jung.“

„Aber er hat was richtig, richtig Schlimmes gemacht, oder? Er hat Pferdinand wehgetan *und* er hat Michel so richtig in die Scheiße geritten.“ Sie ballte die Fäuste.

„Hey, das sagt man aber nicht“, ermahnte Mila sie. „Woher kennst du denn solche Ausdrücke?“

Tini zuckte mit den Schultern. „Wenn es doch stimmt“, meinte sie. „Und glaubst du, ich würde mir immer die Ohren zuhalten, wenn die Neuntklässler reden? Ich hab noch viel Schlimmeres auf Lager. Soll ich mal …?“

Mila und Charly winkten gleichzeitig ab. „Nee, lass mal“, sagte Mila schnell. „Was machen wir denn jetzt?“

„Wir müssen zu Michel und ihm Bescheid sagen“, überlegte Charly.

„Ich weiß nicht. Michel ist wütend und enttäuscht. Irgendwie hab ich das ungute Gefühl, er würde einfach auf Mark losgehen und ihn vermöbeln. Auch wenn das sonst so gar nicht seine Art ist."

„Dann müssen wir eben Frau Steinbach informieren. Die weiß bestimmt, was da zu tun ist."

Mila dachte nach. „Ja, das ist die beste Lösung", meinte sie nach einer Weile. Sie nahm noch einmal das Blatt mit Marks Fingerabdrücken und verglich sie mit denen an den Springglocken. „Wenn wir ihn ans Messer liefern, müssen wir uns ganz sicher sein, dass er es auch wirklich war."

Charly drehte und wendete die Lupe. „Da gibt es keinen Zweifel. Das war Mark." Sie packte den Stapel Beweisblätter und die Lupe und stand auf. „Los, Frau Steinbach ist um diese Uhrzeit meistens im Büro. Bringen wir die Sache hinter uns."

Sie gingen durch den Glasgang, der in den alten Gebäudeteil führte, und traten in die Aula des Internats.

Als sich Milas Augen an den viel dunkleren Raum gewöhnt hatten, sah sie eine Gestalt, die gerade den Deckel einer der Glasvitrinen, in denen die Schleifen und Pokale des Internats ausgestellt waren, anhob. Mila bedeutete Tini und Charly, leise zu sein, und zog sie hinter eine der dicken Steinsäulen.

Langsam wurde die Gestalt deutlicher. Es war Mark!

„Was macht er da?“, flüsterte Tini.

Aber Mila legte nur den Zeigefinger auf die Lippen.

Mark hatte sie nicht bemerkt. Er holte eine der Schleifen aus der Vitrine und betrachtete sie. Dann strich er ehrfürchtig über das goldene seidige Band und hielt es sich an die Brust. Er ging zu einem der Spiegel und betrachtete sich von allen Seiten. Danach legte er die Hand an eine nicht vorhandene Reitkappe, grüßte ein nicht vorhandenes Publikum und verbeugte sich.

Charly krallte sich an Milas Oberarm fest und rollte mit den Augen, wie um ihr zu sagen: Der hat sie doch nicht mehr alle! Was fällt dem denn ein?

Mila wurde heiß und kalt zugleich. Sie fasste einen Entschluss. Sie würde Mark mit seinen Taten konfrontieren und es war ihr egal, ob sie gerade den größten Mist ihres Lebens baute. Es war *die* Gelegenheit! *Die* Chance! Sie trat hinter der Säule vor und ging rasch auf Mark zu.

Der zuckte zusammen, blickte erschrocken erst zu Mila und dann zur Schleife. „Verdammt, warum schleichst du hier herum?", pflaumte er sie an. Dabei versuchte er, die Schleife unauffällig hinter seinem Rücken zu verbergen.

„Warum nimmst du dir Siegerschleifen, die nicht dir gehören?", pflaumte Mila zurück. „Wenn es nur das wäre, würde ich gar nichts sagen …" Wütend kam sie ganz nahe an Mark heran und zischte: „Was mich noch viel mehr interessiert: Warum bist du der größte Mistkerl im ganzen Internat? Die mieseste, heimtückischste Schleimkröte, die ich je kennengelernt habe? Kannst du mir das verraten?"

„Hau ab, Mila, ich warne dich. Komm mir ja nicht in die Quere! Sonst …" Mark hob drohend die Hand.

„Sonst was? Schmierst du dann auch auf Adessos Bandagen ein bisschen Rheumacreme und behauptest, ich wäre es gewesen?"

Mark wurde mit einem Mal bleich wie die gekalkte Wand, vor der er stand. Trotzdem hatte er sich erstaunlich schnell wieder gefangen. „In welchem Film lebst du denn? *Verfolgungswahn Deluxe* Teil 2? Schon vergessen? Das mit der Creme war dein lieber Michel." Mark lachte heiser auf. Er versuchte, locker und entspannt zu wirken, aber das Geräusch, das da aus seinem Hals kam, erinnerte Mila an einen Gockel, der sich verzweifelt bemühte zu krähen.

„Michel, der Große. Michel, der Unfehlbare. Tja, damit ist es nun vorbei. Diesen Doping-Ruf wird er nie mehr los. Pech gehabt", höhnte Mark weiter.

„*Du* hast Pech gehabt", sagte Mila. „Wir können beweisen, dass das dein Werk war. Und weißt du was? Wir sind gerade auf dem Weg zu Frau Steinbach, um ihr unsere Beweise zu übergeben und von unseren Ermittlungen zu berichten. Wir haben dich nämlich durchschaut!"

In diesem Augenblick trat auch Tini hinter der Säule hervor.

Marks Grinsen verschwand. Wie ein wildes Tier in der Falle sah er sich gehetzt um. Sein Blick blieb an den Blättern in Tinis Hand hängen. Er ließ die Siegerschleife fallen und sprintete los.

Mila verstand sofort, was Mark vorhatte: Er wollte die Beweise an sich nehmen und vernichten.

„Tini! Lauf!", schrie Mila. „Zu Frau Steinbach! Und schrei so laut du kannst!"

Tini sah sie einen kurzen Augenblick verwirrt und ängstlich an. Sie konnte weder schreien noch weglaufen.

Oh nein. Mark kam immer näher! Doch plötzlich konnte Tini ihre Beine wieder bewegen und flitzte wie ein Wiesel mit lautem Alarmgebrüll in Richtung Direktorbüro. Zuerst schien es so, als wäre Mark schneller und würde sich auf Tini stürzen, aber als er an der Säule ankam, fiel er gestreckt zu Boden.

„Ahhhhh!“, brüllte Mark und hielt sich das linke Schienbein. „Du hast mein Bein gebrochen!“ Dabei blickte er sich fuchsteufelswild um.

„Du musst halt schauen, wo du hinläufst“, flötete Charly. „In diesem Fall war es mein wertes Bein, das ein wenig ungünstig in deinen Weg ragte.“ Sie hob die Hand und Mila klatschte ab. „Heute ist echt nicht Marks Glückstag.“

„Hervorragende Teamarbeit“, meinte Mila.

In diesem Augenblick betrat Frau Steinbach zusammen mit einer atemlosen Tini die Aula.

„Kann mir mal jemand in Ruhe erzählen, was hier eigentlich los ist?“, fragte die Direktorin beunruhigt und steckte eine lose Haarnadel zurück in ihren Dutt.

„Tini war so aufgeregt, dass ich nichts verstanden habe, außer dass irgendwas in der Aula passiert ist. Und tatsächlich …“ Sie musterte den am Boden liegenden Mark, der sich immer noch mit schmerzverzerrtem Gesicht das Bein hielt. „… die Situation hier bedarf tatsächlich einer Erklärung."

„Na, dann fange ich wohl besser mal mit dem Erklären an", sagte Mila. „Ich glaube, es ist besser, Sie setzen sich."

Vater-Stress

Als Mila geendet hatte, war es ganz still in der Aula. Frau Steinbach sah Mark traurig an. „Wenn das, was Mila mir eben erzählt hat, wahr ist –“

„Es ist wahr“, unterbrach Mark sie überraschend leise. „Alles.“ Offensichtlich war ihm klar, dass es keinen Sinn mehr hatte, sich herauszureden.

„Dann werde ich deinen Vater informieren müssen, Mark. Ich wollte sowieso mit ihm reden, weil sowohl Luke als auch Tamara sich in letzter Zeit sehr über dein Verhalten beschwert haben …“

„Kann ich irgendetwas tun, damit Sie meinen Vater nicht anrufen?“

Hoppla, so zerknirscht hatte Mila Mark noch nie erlebt. Das waren ja ganz neue Töne!

„Nein“, meinte Frau Steinbach entschlossen. „Das

hättest du dir früher überlegen müssen. Ich kann und will so ein Verhalten nicht dulden. Kannst du dir vorstellen, was Michel deinetwegen durchmacht? Er wurde von allen zu Unrecht verdächtigt, sein Pferd gedopt zu haben. Deine Tat war niederträchtig."

Mark schlug die Augen nieder.

„Ich habe immer gedacht, dass wir euch hier auf *Inselglück* nicht nur das Reiten beibringen, sondern auch, wie ihr ehrliche und verantwortungsbewusste Menschen werdet", fuhr sie fort. „Aber bei dir ist uns das nicht einmal im Ansatz geglückt. Tut mir leid, ich kann nichts mehr für dich tun. Diese Lage hast du dir ganz und gar selbst zuzuschreiben."

Mark nickte, stützte sich mit den Händen an der Säule ab und zog sich nach oben. „Dann werde ich jetzt in den Stall gehen, um mich von Feuerfuchs zu verabschieden", sagte er und humpelte mit hängendem Kopf aus der Aula.

„Das ist soooo krass", meinte Tini, nahm sich ein Tablett und versuchte, sich in der Schlange nach vorne zu drängeln.

„Ja, es sind immer zu wenige Portionen Pasta da. Und heute gibt es auch noch Veggie-Bolognese. Da stehe ich besonders drauf." Mila schnappte sich ebenfalls ein Tablett, stellte sich aber ordnungsgemäß ans hintere Ende der Schlange. „Leider bin ich nicht so klein und süß wie du, dass mich jeder vorlässt."

„Boah, Mila! Ich bin nicht süß. Die Leute haben Respekt vor meiner Detektiv-Uniform. Deswegen darf ich vor", antwortete Tini.

„Ach so. Deswegen." Mila grinste.

„Aber das hab ich grad gar nicht gemeint. Es ist so krass, dass ich mit dem miesen Mark jetzt Mitleid habe. Das hat der überhaupt nicht verdient … Nur gut, dass jetzt alle Bescheid wissen, dass Michel unschuldig ist."

Tini streckte Frau Käthe ihren Teller hin. „Extra-Parmesan, bitte!"

Frau Käthe lachte und tat Tini Extra-Nudeln, Extra-Bolognese und Extra-Käse auf. „Als ob ich das nicht wüsste, du kleiner Pferdefloh." Dann wandte sie sich an die restlichen Wartenden. „Pasta ist aus! Ab jetzt habe ich nur noch Gemüseauflauf."

Mila seufzte. Nun gut. Nach den letzten Tagen waren ein paar Vitamine sicher nicht verkehrt.

Sie setzten sich zu Charly, Franzi und Isa an den großen Tisch in der Ecke des Speisesaals.

Isa hatte eine grüne Rüschenbluse an und einen breiten Reif mit einer riesigen rosa-weiß gestreiften Schleife ins Haar gebunden. Sie erinnerte Mila sehr stark an ein Osterei, das man im Gras versteckt hatte. Und zwar neben einem frisch umgegrabenen Blumenbeet, denn Franzi hatte den Rosenquarz abgelegt und war wieder zu ihrem Total-schwarz-Look übergegangen. Schlürf! Franzi zog ein paar Spaghetti ein und kaute genüsslich und zufrieden. Mila war beruhigt. Trotz des Liebeskummers konnte sie das Leben offensichtlich genießen – oder zumindest das Essen.

Tini hingegen guckte noch immer ein wenig verloren drein. Machte sie sich wirklich Gedanken um Mark?

Mila legte ihr die Hand aufs Knie. „Hey“, sagte sie. „Es ist doch in Ordnung, wenn er dir leidtut. Nun tanzt sein Vater an und vor dem scheint er einen Riesenschiss zu haben. Der muss ein echtes Scheusal sein, wenn sich jemand wie Mark vor ihm in die Hose macht.“

Mila sah aus dem Augenwinkel, dass eine vertraute Gestalt durch die Flügeltür kam. Sie sprang sofort auf.

„Michel!“, rief sie und winkte. „Michel!“

Michel blickte in Milas Richtung, winkte zurück und strahlte übers ganze Gesicht.

Bevor Mila einen weiteren Gedanken fassen konnte, war Michel schon bei ihr und umarmte sie stürmisch. „Danke, danke, danke", stieß er hervor. „Du bist meine Retterin."

Mila dauerte die Umarmung einen Tick zu lange und sie war auch ein wenig zu fest. Über Michels Schulter konnte sie sehen, wie Jan die Umarmung mit versteinerter Miene beobachtete. Oh nein! Seinem Gesicht nach zu urteilen hatte er seine eigenen Schlüsse gezogen …

Vorsichtig befreite sie sich und sagte. „Ich war das eigentlich gar nicht. Tini hat dich gerettet. Und zwar mit ihrer Pferdedetektiv-Spezialausbildung. Charly und ich waren lediglich ihre Assistentinnen."

„Echt? Tini, du warst das? Das ist ja cool." Michel setzte sich. „Ihr müsst mir alles haargenau erzählen, okay?"

„Das machen Charly und Tini sicher sehr gerne", meinte Mila. „Ich muss jetzt erst mal was klären." Damit stapfte sie hinüber zu Jan.

Michel sah ihr enttäuscht nach. Doch dann gab er sich einen Ruck: „Dann stoßen wir jetzt auf meine Rückkehr an. Und ich will ALLES über Fingerabdrücke, Fingerabdruckpulver und so weiter wissen, klar?"

Jan saß mit Jakob am Tisch und lachte gerade übertrieben laut, als Mila an den Tisch trat. Jakob stimmte aber nicht mit ein, sondern guckte Mila ernst an. Auf seinem Tablett lag nur ein angebissenes trockenes Brötchen. Die Sache mit seinem Bruder war ihm wohl auf den Magen geschlagen.

„Jan, kann ich dich mal kurz sprechen?", fragte Mila.

Es war Jan unangenehm, dass sie so offen auf ihn zukam, das spürte sie deutlich. Umständlich wischte er mit der Serviette an seinem Mund herum und murmelte Jakob etwas zu, was Mila nicht verstand. Dann stand er auf.

„Lass uns nach draußen gehen. Da ist es ruhiger."

Schweigend liefen sie nebeneinander her und Mila wurde bewusst, dass sie beide ganz automatisch den Stall ansteuerten. Mit Pferden in der Nähe war einfach alles eine Spur leichter, sogar eine Aussprache. Obwohl Mila sich alles andere als sicher war, dass das Ganze hier überhaupt eine werden würde.

„Vorsicht!", schrie Jan auf einmal und zog Mila am Arm zur Seite. Ein rotes Jaguar-Cabrio preschte auf den Innenhof und hielt mit quietschenden Reifen direkt vor ihnen an.

„Hier dürfen keine Autos fahren!", fuhr Mila den Fahrer wütend an. „Das ist ein reiner Pferdebereich. Können Sie nicht lesen?! Steht überall auf den großen Schildern am Eingang!“

Ein großer, breitschultriger Mann mit einer ledernen Schirmmütze stieg aus. „Wie sprichst du denn mit mir? Weißt du nicht, mit wem du es hier zu tun hast? Wer genug Kohle in diesen Laden pumpt, der darf auch mit dem Auto vorfahren. So sind die Regeln, Schätzchen, auch wenn es dir nicht gefällt.“

„Ich bin nicht ihr Schätzchen“, pampte Mila den Mann an. „Und mir ist es völlig egal, wer Sie sind. Anstand hat Ihnen offensichtlich niemand beigebracht.“

„Psst, Mila“, flüsterte Jan. „Sei bloß leise. Das ist Herr Timmermann, der Vater von Mark und Jakob.“

„Ja und? Deswegen darf er hier tun und lassen, was er will? Dem muss doch mal jemand die Meinung sagen!“

„Vielleicht sagst du mir deine Meinung einfach später, Fräulein. Ich habe ...“, Herr Timmermann blickte auf die goldene Angeber-Uhr am Handgelenk, „JETZT eine Verabredung mit Frau Steinbach.“ KLICK! PIEP! drückte er auf seinen Autoschlüssel, schnappte sich seine dicke Aktentasche und lief die Treppen zum Hauptgebäude hinauf. Dabei nahm er immer zwei Stufen auf einmal.

„Oh Mann. Das glaube ich jetzt nicht. Das darf doch nicht wahr sein! Der ist tatsächlich noch großkotziger als sein Sohn."

„Er ist vor allem reicher. Ohne seine Geldspenden wäre *Inselglück* nicht das, was es heute ist."

„Arme Frau Steinbach. Ich möchte jetzt nicht in ihrer Haut stecken und diesem Ekel sagen müssen, dass der Sohn nicht weit vom Stamm fällt."

Nachdenklich gingen Mila und Jan in den Stall.

Adesso stand in seiner Box. „Na, ist es dir auch zu heiß, mein Schöner?", sagte sie und steckte ihm ein Leckerli zu, das noch von irgendwann in ihrer Hosentasche steckte.

„Also schieß endlich los. Worüber willst du mit mir reden?" Jan sah Mila an. Dann schien er eine Vermutung zu haben und fragte ganz unvermittelt: „Du willst aber jetzt nicht proben oder so? Ich hab meinen Text nämlich nicht dabei."

„Äh, nein …?" Was war das denn jetzt? Meinte er das ernst? Proben? War Jan wirklich so begriffsstutzig oder tat er nur so? „Ich will mit dir reden, weil ich was ein für alle Mal klarstellen will. Und ich in Zukunft weder blöde Bemerkungen noch rollende Augen oder sonst was hören oder sehen will. ALSO: keine Ahnung, ob Michel in mich verliebt ist. Kann sein, kann aber auch nicht sein. Im Grunde ist das aber auch ganz egal. Denn ich habe keine solchen Gefühle für ihn. Ich bin nämlich …“

Mila stockte. Sollte sie Jan nun sagen, dass sie in *ihn* verliebt war? *Ihn* und nur *ihn*? Dass sie sich wünschen würde, er nähme sie so in den Arm, wie Michel das eben getan hatte? Besser nicht.

„… in jemand anderen verliebt“, fuhr sie fort. Obwohl sie keinen Namen genannt hatte, merkte sie, wie ihr Gesicht rot leuchtete. Lieber schnell wieder zu einem unverfänglichen Thema, dachte sie. „Für mich ist Michel ein guter Freund. Ich bin superfroh, dass ich ihn habe. Kannst du dir vorstellen, wie es ist, mit lauter Springprofis in der Gruppe zu sein und immer die Einzige zu sein, die etwas falsch macht und der alles noch einmal erklärt werden muss? Nee, kannst du ja auch nicht wissen. Du hast keine Ahnung, was für ein Druck …“

Jan knibbelte am Reißverschluss seiner Umhängetasche.

„Um was genau geht es jetzt eigentlich?“, fragte er. „Hey, alles easy. Okay, ich habe verstanden. Du heulst dich am liebsten bei Michel aus, wenn etwas nicht passt und du …“ Jan schluckte hörbar. „Liebst einen anderen. Außerdem hattest du recht. Glückwunsch. Michel hatte mit der Sache wirklich nichts zu tun. Beneidenswert, der Junge, er hat dich als beste Freundin!“

Schon wieder diese schneidende Kühle in Jans Stimme. Verdammt. Irgendwie hatte dieses Gespräch nicht den Ausgang genommen, den sie sich gewünscht hatte.

„Soll ich morgen zu dir zum Proben kommen?“, fragte Mila zögernd.

„Musst du nicht trainieren? Schließlich ist am Samstag das Turnier in Bolsenbüttel“, wandte Jan ein.

Oh, mistiger Mist. Das verflixte Turnier! Die Michel-Geschichte hatte wirklich alles überschattet. An das Turnier hatte sie überhaupt nicht mehr gedacht.

„Stimmt“, gab Mila zerknirscht zu. „Ich habe heute und morgen Intensiv-Springtraining. Aber danach? Am Sonntag?“

Jans Miene entspannte sich. Er lächelte sogar fast. „Okay, dann Sonntag. Ich geh dann mal.“

Mila atmete auf. Jan war nicht mehr so sauer wie vor dem Gespräch. Zwar war noch nicht alles wieder gut, aber der Rest musste warten. Immer schön eins nach dem anderen. Und jetzt stand erst einmal das Reitturnier an. Unter den kritischen Augen der Talentsucher … Puh! Sie ging zu ihrem Spind und holte noch ein paar Leckerli für Adesso.

„Na, mein Schöner", sagte sie und hielt Adesso die braunen Knusperbrocken hin. „Zum Glück bist du bei mir. Wer braucht denn schon Jungs, wenn er Pferde um sich hat, stimmt's? Pass auf, ich verlass mich am Samstag ganz auf dich, ja? Du hast die Sprünge im Kopf und vor allem: in den Beinen! Zusammen werden wir das schaffen, da bin ich ganz sicher. Ich und du und du und ich – für immer!" Sie schmiegte ihre Stirn an seinen Stern und genoss das weiche Gefühl seines Fells und nahm eine Nase von dem warmen Pferdegeruch.

Adesso jedoch wedelte mit dem Schweif und pupste dann laut und kräftig.

Mila lachte. „Auch eine Antwort", meinte sie. „Du findest also, ob jemand unser Talent erkennt oder nicht, darauf lassen wir einen!"

Tour de Bolsenbüttel

„Nele, du machst mich ganz wuschig. Du hast nichts vergessen! Du hast höchstens vergessen zu schlafen." Mila nahm Nele bei den Schultern und zwang sie auf ihrem Schreibtischstuhl Platz zu nehmen. „Hier: Feenduft von Fairy schnuppern und beruhigen." Sie hielt Nele ihre schmutzigen Reitklamotten unter die Nase.

„Iiiiigitt. Sag mal, spinnst du? Die Klamotten sind aus der Schmutzwäsche." Nele nahm das Bündel und warf es auf den Boden.

„Ich hab es nur gut gemeint. Mich beruhigt Adessos Geruch immer." Mila zuckte mit den Schultern. Doofe Ziege. Dann eben nicht.

„Also ich weiß nicht, was genau bei dir schiefläuft, aber *ich* mag nicht an kaltem Pferdeschweiß riechen. Das finde ich widerlich. Und nur zu deiner Info: Ich habe nicht vor Aufregung wegen dieses Baby-Turniers nicht geschlafen, sondern weil ich gestern Abend ein bisschen zu viel Cola getrunken habe. Kapiert? Ich bin koffeinwach. Meine Nerven sind angeregt, aber ich bin nicht AUFGEREGT!“ Das letzte Wort hatte Nele beinahe geschrien.

Mila rollte die Augen.

„Jaja, schon klar, Miss Nervenstark“, antwortete Mila gelassen. „Und deswegen motzt du auch wegen ein bisschen Wäsche und gut gemeinter Hilfe rum. Weißt du was? Ich lass dich mal lieber allein. Ich muss sowieso noch zu Charly, um mir ein Turnieroutfit auszusuchen.“

Mit dem neuen Jackett unter dem einen Arm und Charly am anderen eingehakt, betrat Mila den Innenhof des Internats. Sie mussten sich allerdings gleich loslassen, denn der Platz wimmelte nur so von Pferdeanhängern und aufgeregten Reitschülern, die noch letzte Dinge in die Autos packten.

„Das ist immer ein ganz schönes Durcheinander, so ein Turnier auf dem Festland. Da ist die Fähre voller Pferdeanhänger“, meinte Charly. „Ich hoffe, Vanilla wird nicht nervös.“

„Wir laden Vanilla und Adesso in einen Anhänger, würde ich sagen. Die beiden kennen sich doch inzwischen recht gut. Das beruhigt Adesso bestimmt. Schließlich können wir Renate diesmal nicht mitnehmen. Tini, Renate und Tante Caro machen heute einen Ausflug an den Strand“, erzählte Mila. Da fiel ihr noch eine ganz andere Sache ein: „Hast du Vanilla eigentlich komplett eingeflochten?“

Charly nickte. „Ich habe mir sogar goldene Bänder von Tini ausgeliehen. Sieht echt gut aus.“

„Adesso ist auch komplett eingeflochten. Mit dunkelroten Bändern. Das sieht zu seinem Schwarz total edel aus. Und dazu dein rot-schwarzes Jackett … optisch ist die Sache eingetütet.“ Sie lächelte. Dann stupste sie Charly an und deutete auf etwas großes Rosafarbenes, das sich gerade aus dem Stall bewegte. Isa und ihre Stute Melodie. Isa hatte ein knallrosa Reitdress an. Sogar ihre Reitstiefel waren mit Glitzerspray besprüht.

„Sag mal, was hat die denn vor? So darf man doch gar nicht antreten.“ Mila runzelte die Stirn.

„Aber anreisen schon. Isa zieht sich immer noch mal kurz vor dem Start um. Auf der Reise möchte sie eben schön aussehen.“

„Ja, eben. Schön! Aber das …?“

„Lass sie“, verteidigte Charly ihre Zimmergenossin. „Sie findet das wirklich toll. Sie tut doch niemandem weh.“

Mila verzog das Gesicht. „Und was ist mit meinen Augen?“

Plötzlich fiel ihr ein, dass sie Charly noch gar nicht gefragt hatte, ob es etwas Neues von Mark gab. Bisher war nur das Gerücht umgegangen, dass sein Vater ihn wutentbrannt nach dem Gespräch über den Hof geschleppt hatte und mit ihm im Jaguar davongedüst war.

„Glaubst du eigentlich, dass Mark wiederkommt?“, fragte Mila.

„Ach, du weißt es noch gar nicht? Nee. Erst mal nicht. Frau Steinbach hat ihm Schulverbot erteilt. Bis auf Weiteres. Er wohnt jetzt bei seinen Eltern und geht dort zur Schule. Feuerfuchs musste er allerdings hierlassen. Keine Ahnung, wer sich in der Zwischenzeit um ihn kümmert. Vielleicht Jakob?“

„Bestimmt. Er kennt Feuerfuchs gut. Und ich finde es richtig, dass Mark gehen musste. Es war einfach viel zu heftig, was er sich da geleistet hat. Stell dir vor, Michel und er hätten gleich wieder miteinander trainieren müssen … das wäre doch für uns alle eine Katastrophe geworden."

Charly nickte. „Komm, wir holen unsere besseren Hälften aus dem ganzen Trubel. Ich will noch ein bisschen schmusen, bevor es richtig losgeht."

Mila führte erst Vanilla und dann Adesso aus dem Anhänger. Die Überfahrt und die Anreise hatten gut geklappt. Und heute war es zum Glück auch nicht so heiß. Der Himmel war mit Wolken überzogen, trotzdem sah es nicht nach Regen aus. Für die Pferde das optimale Wetter. Auch Adesso war gut gelaunt. Offensichtlich hatte er sich mit Vanilla nett unterhalten, denn auch Charlys weiße Stute war vollkommen ruhig und ausgeglichen.

Bolsenbüttel war größer als Mila erwartet hatte. In der Mitte der kleinen Stadt mit hübschen Reetdachhäusern hatte sogar ein Hochhaus herausgeragt. Der Reiterhof, auf dem das Turnier stattfinden sollte, lag allerdings etwas außerhalb, sodass Mila nun nichts mehr von den schnuckeligen Häusern sehen konnte. Nur das Hochhaus und der Kirchturm waren noch zu erkennen.

„Da drüben ist der Turnierplatz", sagte Charly. „Den

können wir uns ja später anschauen. Jetzt will ich erst mal wissen, welche Startnummer ich habe."

Luke kam ihnen mit zwei Zetteln entgegen. „Zu spät, die Damen. Der exklusive Turnierservice ist schon unterwegs. Bitteschön. Die Zwei ist für Mila und die Zweiundzwanzig für Charly."

„Logo", meinte Charly und zwinkerte. „Zweimal die Zwei, weil ich doppelt so gut bin."

„Zum Glück tritt Mila in einer anderen Klasse an. Der Druck, den du aufbaust, wäre sonst unermesslich hoch", bemerkte Luke ironisch und grinste. Dann wandte er sich direkt an Mila. „Beeil dich und reite Adesso schon mal warm. Du bist bald dran. Und noch ein kleiner Tipp: Immer schön lächeln, wenn du einen Mann im grünen Pullover siehst."

Ah, der Talentsucher trug also Grün, schlussfolgerte Mila. Na, ein Lächeln konnte ja sicher nicht schaden …

Mila fühlte sich schrecklich. Als Nächstes waren Adesso und sie an der Reihe. Warum war sie denn plötzlich so aufgeregt? Die vielen unbekannten Gesichter? Die ungewohnte Umgebung? Oder doch der Talentscout? Sie kapierte das einfach nicht. Hatte sie sich die Gelassenheit, die sie vorhin empfunden hatte, nur eingebildet? Adesso tänzelte unruhig hin und her. Spürte er, dass Mila wie ein Fremdkörper auf ihm saß – unbeweglich und ängstlich? Sie hörte Charly neben sich raunen: „Mila, alles okay? Du hältst die Zügel viel zu fest. Du reißt Adesso im Maul. Lass locker!“

Erschrocken gab Mila die Zügel nach. Es stimmte. Sie war so verkrampft, dass sie gar nicht gemerkt hatte, dass sie Adesso wehgetan hatte. Sie musste sich jetzt zusammenreißen.

Mila sah zu den Reihen der Zuschauer, die sich auf der Tribüne niedergelassen hatten. Je länger ihr Blick verweilte, desto mehr verschwammen sie zu undeutlichen Farbklecksen – grünen Farbklecksen. Na toll, dann musste sie wohl alle anlächeln. Irgendeiner war dann schon der Richtige.

Aber zunächst musste sie den Ameisenhaufen, der sich in ihr breitgemacht hatte, zur Ruhe bringen. Hier ist es auch nicht anders als in der Pferde-Yoga-Stunde, sagte sie sich. Was schon einmal geklappt hat, wird doch wohl auch wieder klappen. Sie legte ihren Oberkörper auf Adessos Hals und atmete tief ein. Sie spürte das regelmäßige Auf und Ab ihres Bauches auf Adesso. Seine Wärme.

Sein Vertrauen, das er in sie hatte. Und mit einem Mal fiel die Nervosität von ihr ab, floss heraus und stattdessen breitete sich ein wohliges zuversichtliches Gefühl in ihr aus. Das Springen konnte beginnen – Mila war bereit.

„Und hier sehen Sie Mila Hofer auf Adesso, *Pferdeinternat Inselglück*", hörte Mila die Stimme aus dem Lautsprecher über den Platz schallen. Mila grüßte die Jury und galoppierte an. Adesso lief geschmeidig und sicher, genau im richtigen Tempo. Die Triplebarre nahm Adesso mit links, er sprang weich ab und flog weit und hoch. Mila lächelte. Zuneigung und tiefe Dankbarkeit zu Adesso durchfluteten sie wie eine Welle und gaben ihr einen unglaublichen Energiekick. Weiter so, Adesso!, feuerte sie ihren braunen Hengst in Gedanken an. Und Adesso lief weiter. Galoppierte. Sprang über den Oxer, die Mauer und über den Wassergraben, als hätte er nie etwas anderes getan. Er leistete sich nicht den kleinsten Fehler. Und er war schnell, sehr schnell.

Als sie den Parcours durchritten hatten, klatschten die Zuschauer laut. Mila sah, dass in der zweiten Reihe zwei Menschen aufgestanden waren und nicht nur klatschten, sondern sogar vor Begeisterung stampften. Wahnsinn!

Sie kniff die Augen zusammen, um besser erkennen zu können, wer ihnen da so kräftigen Applaus spendete. Eine zierliche Frau mit roten Locken und ein Junge mit blonden Wuschelhaaren. Wie cool! Mila freute sich so sehr, dass sie fast vergessen hätte, noch einmal an der Jury vorbeizureiten. Das waren Anna und Jan! Dann war Jan also nicht mehr böse auf sie. Im Gegenteil: Er hatte seine Mutter überredet, nach Bolsenbüttel zu kommen, um sie reiten zu sehen. Mila winkte ihnen zu und rief „Hallo!“. Erst hinterher wurde ihr klar, dass das möglicherweise gegen die strengen Turnier-Benimmregeln verstoßen hatte …

„Mila, du bist Erste!“, grölte Charly. „Bestzeit! Und Michel war Zweitschnellster! Das ist total spitze! Da will ich eigentlich gar nicht mehr selbst reiten, sondern mich lieber in eurem Erfolg sonnen und eure Managerin werden.“ Sie drückte erst Mila und dann Michel, der mit Pferdinand neben Mila auf dem Abreitplatz stand.

„Ob wir uns dich wohl leisten können?“, überlegte Michel lachend.

„Bevor eure neue Managerin beschließt, die Trainerin zu wechseln, möchte ich euch gratulieren.“ Tamara strahlte Mila und Michel an. „Das war eine tolle Leistung von euch. Und Herr Erpenbeck sah ziemlich interessiert zu."

„Herr Erpenbeck?", fragte Mila. „Wer ist das denn?"

„Der Talentscout vom Landeskader. Er hat sich eifrig Notizen gemacht. Und das ist immer ein gutes Zeichen. Bin gespannt, ob er sich bei uns melden wird."

„Wäre cool, aber es ist mir echt nicht so wichtig", meinte Mila und besah sich die goldene Schleife mit der Münze in der Mitte, die ihr die Jury bei der Siegerehrung überreicht hatte.

„Hey. Sei nicht so megabescheiden. Also *ich* hätte auf jeden Fall nichts dagegen, mit dir zu den Olympischen Spielen zu fahren." Michel zwinkerte ihr zu. „Aber zunächst würde es mir schon ausreichen, mit dir zusammen die nächsthöhere Springklasse anzusehen."

Michel war alles andere als begeistert gewesen, als sich Anna und Jan neben sie auf die Tribüne gesetzt hatten, das konnte Mila ihm deutlich anmerken. Trotzdem hatte er sich eine freundliche Begrüßung abgerungen und die Glückwünsche der beiden entgegengenommen.

Nele und Jakob waren bereits geritten. Jakob war trotz

der Sache mit seinem Zwillingsbruder wie immer brillant gewesen. Für Nele war es nicht so gut gelaufen. Sie war unkonzentriert geritten und hatte fünf Stangen gerissen. Als Mila Neles verzerrtes Gesicht gesehen hatte, musste sie den Blick abwenden und schaute erst wieder hin, als der nächste Reiter von der Jury vorgestellt wurde.

„Ich finde es toll, dass du gekommen bist“, flüsterte Mila Anna, die neben ihr saß, zu. „Obwohl du Pferdesport doch nicht so magst.“

„Es war toll, dich und Adesso zu erleben“, flüsterte sie zurück. „Ich habe den Spaß in Adessos und deinen Augen gesehen. Sie sprühten nur so vor Freude. Da hat sich seit meiner Jugend tatsächlich ganz schön viel getan.“

„Mila hat allerdings auch einen ganz besonderen Draht zu Adesso“, schaltete sich Jan ein, „Vergiss das nicht, Mama! Es gibt immer noch viele schwarze Schafe, die erst mal nur ihre Interessen durchsetzen und danach kommt irgendwann das Wohl des Pferdes.“

„Trotzdem“, wandte Anna ein. „Es hat mir gutgetan, Mila und Adesso zu sehen. Das klingt in euren Ohren wahrscheinlich ziemlich dramatisch, aber das hat in meinem Inneren etwas repariert, von dem ich geglaubt habe, dass es auf ewig kaputt sein würde. Danke.“

Mila musterte Anna, deren Augen ganz feucht waren. „Gern geschehen“, sagte sie zögernd. „Auch wenn ich nicht wirklich verstehe, wofür. Aber das muss ich gar nicht, oder?“

Anna strich Mila über die langen braunen Haare und lächelte traurig und ein wenig geheimnisvoll. „Nein, das musst du nicht, my dear.“

Jan stieß seine Mutter am Oberschenkel an. „Still, ihr beiden. Jetzt ist Charly dran.“

In diesem Moment schob sich die Sonne durch die Wolkendecke und schickte helle Strahlen auf den Turnierplatz hinab. Mila hielt den Atem an. Charly sah beinahe unwirklich schön auf Vanilla aus. Wie eine Prinzessin in einem Märchen. Die goldenen Seidenbänder in Vanillas Mähne und Schweif glitzerten und glänzten im hellen Licht. Obwohl Charly kein Kleid trug, sondern ihre cremefarbene Reithose, erwartete Mila, dass jeden Augenblick ein Prinz um die Ecke geritten kam und Charly mit in sein Schloss nahm.

Das Bild in Milas Kopf zersprang, als der Lautsprecher losknarrte und Pferd und Reiterin vorstellte.

Charly galoppierte an und Mila fragte sich, ob Vanilla und Adesso heute im Pferdeanhänger abgemacht hatten, heute ihr Allerallerbestes zu geben. Vanilla nahm die Hindernisse elegant und zügig, es sah so aus, als hätte Charly nicht die geringste Mühe.

„Fehlerfrei und eine Wahnsinnszeit!“, rief Michel begeistert. „Das war sensationell!“ Er stand auf und klatschte.

„Es macht richtig Spaß, den Schülern von *Inselglück* beim Springen zuzusehen. Dieser Luke – so heißt euer Natural-Horsemanship-Lehrer doch, oder?“

Mila nickte.

„– leistet tolle Arbeit“, sagte Anna anerkennend. „Vielleicht lade ich ihn mal auf den Isländerhof ein. Dann können wir uns austauschen.“

Jan sah seine Mutter erstaunt an. „Hey, das nenn ich aber mal einen Meinungsumschwung. Ist mir richtig unheimlich.“ Er zwinkerte Mila zu.

„Rubbish“, brummelte Anna. „Im Reitsport läuft immer noch viel zu viel falsch und nicht so, wie es sollte – sieht man ja zum Beispiel an Nele oder diesem Mark. Mit dem Druck können manche einfach nicht umgehen. Aber ich muss sagen, dass *Inselglück* auf einem guten Weg ist und Wert auf die wichtigen Dinge legt. Und ja, da war ich früher anderer Meinung. So, basta!“ Sie blickte auf den Zettel mit der Startaufstellung. „Jetzt sehen wir uns noch ganz in Ruhe die nächsten Reiter an."

„Ach Mensch, schade, dass dieser Julius vom Gestüt Bolsenbüttel noch einen Tick schneller war. Vanilla und du, ihr hättet den Sieg wirklich verdient." Mila pinnte Charly die silberne Schleife an das Jackett.

„Stimmt, Gold hätte auch viel besser zu Vanillas Haarschmuck gepasst." Charly grinste und brummte mit verstellter Stimme: „Leider kann ich den zweiten Platz aus optischen Gründen nicht annehmen, denn die Farbe der Schleife harmoniert nicht mit den Accessoires meines Pferdes." Sie band die Schleife wieder an Vanillas Trense und klopfte ihr zärtlich an den Hals. „Na, so weit kommt's noch. Ich bin total glücklich über den zweiten Platz. Das ist doch super gelaufen. Überleg mal, ich war heute besser als Jakob. Was will man mehr?"

„Das ganze Internat war heute richtig erfolgreich. In der M-Klasse hat auch eine von uns gewonnen. Elisa. Die hat es echt verdient", meinte Mila.

„Kennst du die? Die ist doch schon in der Zehnten, oder so." Charly sah Mila erstaunt an.

„Sie ist meine Nachhilfereitlehrerin gewesen", sagte

Mila. „Ich gratuliere ihr später. Jetzt lass uns zu den anderen gehen. Da gibt es Bratwurstbrötchen und Siegerlimo zum Anstoßen."

Herzgalopp

Seit dem Turnier auf dem Festland hatte auch das Wetter auf Marum umgeschlagen. Immer wieder stürmte und gewitterte es, vom Dauerregen ganz zu schweigen. Mila ärgerte sich, dass sie nicht so oft an den Strand reiten konnte, wie sie wollte. Aber dass die Proben für ihr *Romeo und Julia zu Pferd* nun statt auf der Weide in der gemütlichen Küche des Isländerhofs stattfinden mussten, fand Mila dagegen alles andere als schlimm. Sie liebte es, wenn im Kamin ein Feuer brannte und Anna oder Jans Vater Philipp ihnen eine dampfende Tasse englischen Tee mit extraviel Milch servierte.

Natürlich mussten sie auch noch mit den Pferden üben, das war ja gerade der Clou an der Aufführung … Spätestens bis Donnerstag sollte der Regen aufhören. Dann hätten sie noch drei Tage bis zur Premiere, zu der sie die ganze Englischklasse (natürlich inklusive Mister Green) auf den Hof eingeladen hatten.

Das schlechte Wetter der letzten Woche hatte noch weitere Vorteile gehabt. Sie hatte lange mit Franzi und Charly über ihr Jan-Gefühlschaos gesprochen. Beide hatten ihr zwei Ratschläge gegeben: erstens, Michel – trotz seiner Annäherungsversuche – eine gute Freundin zu bleiben und zweitens, bei Jan die Theatervorstellung abzuwarten. Mit diesem Rat hatte Mila sich wohlgefühlt. Sie war vor allem froh, dass Jan sich ihr gegenüber wieder ganz normal verhielt.

Nur Nele machte Mila Sorgen. In Bolsenbüttel hatte sie den letzten Platz belegt und seitdem war völlige Funkstille zwischen ihnen beiden. Es fehlte nur die Trennmauer durchs Zimmer und alles wäre wieder genau wie am Anfang gewesen. Diesmal jedoch gelang es Mila viel besser, Neles sumpftrübe Laune nicht persönlich zu nehmen. Wenn sie gemeinsam mit Nele im Zimmer war, skypte sie oft mit ihren Eltern, um sich abzulenken. Von Anna erzählte sie ihnen aber nichts. Irgendetwas war da seltsam und sie wollte nicht wieder so eine merkwürdige Stimmung riskieren. Denn Mama und Papa waren wieder ganz die Alten. Gut gelaunt machten sie viel Quatsch und erzählten witzige Geschichten, die sie im Alltag in Kenia erlebt hatten. Mila berichtete von ihrem Sieg in der E-Klasse und dass bereits ein Talentscout vom Landeskader ihre Lehrerin kontaktiert hatte. Diesmal kamen keine merkwürdigen Bemerkungen. Im Gegenteil. Die Gesichter ihrer Eltern verrieten, dass sie sehr, sehr stolz auf sie waren. Nur auf Milas Frage, wann sie sich endlich wieder sehen würden, drucksten sie ausweichend herum: die viele Arbeit, der lange Flug und natürlich das schreckliche Wetter auf Marum …

Mila hatte enttäuscht ihren Laptop zugeklappt und aus dem Fenster geguckt, an dem die Regentropfen herunterrannen. Irgendwie konnte sie ihre Eltern sogar verstehen. Im Ernst. Wer würde schon kenianischen Sonnenschein gegen das Mistwetter auf Marum eintauschen?

Adesso zuckte zusammen und wieherte erschrocken. Mila konnte ihn gerade noch vom Steigen abhalten. Vorsichtig tastete sie nach dem Bündel, das sie in eine der Satteltaschen gestopft hatte. Zum Glück, die Requisiten waren unversehrt!

„Tini, Renate!“, rief Mila dann böse. „Kommt aus eurer Verkleidung heraus! Du weißt doch genau, dass

Adesso jedes Mal erschrickt, wenn er nicht weiß, dass ihr unter diesem Busch steckt. Und ganz ehrlich, so ganz geheuer ist es mir auch nicht, wenn ich plötzlich vor einem schnaubenden und wiehernden Gestrüpp stehe."

Der „Busch" öffnete seine Zweige und darunter kamen eine zerknirscht aussehende Tini und eine Gras mampfende Renate zum Vorschein.

„'tschuldigung", nuschelte Tini. „Ich find das einfach prima! Die perfekte Tarnung und eine lustige Pferde-Erschreckung. Klappt fast bei allen – außer bei Pferdinand. Den kann nichts aus der Ruhe bringen."

„Heißt das, du hast allen Pferden hier im Stall schon so einen Schrecken eingejagt?", fragte Mila und zog nicht gerade begeistert die Stirn in Falten.

„Na ja. Nicht jedes hat so viel Schiss wie Adesso", meinte Tini gedehnt. „Nur Vanilla …"

Mila stöhnte. „Versprich mir, dass du damit aufhörst, okay?"

„Ja … gut … Darf ich gleich mit zu den Petersens? Du bist doch auf dem Weg dahin, oder? Bestimmt kann ich dir helfen."

Mila nickte. Jan und sie konnten beim Aufbau für die Theaterpremiere tatsächlich noch Hilfe gebrauchen. Die

Stühle waren noch nicht aufgestellt und die Tische für die Getränke mussten noch aus der Garage getragen werden.

Mit den ersten Gästen erschien auch die Sonne am Himmel. So selbstverständlich, als wäre sie die letzten Wochen nicht komplett verschwunden gewesen.

„Toi, toi, toi", sagte Jan und spuckte Mila dreimal über die Schulter.

„Pfui", kreischte Tini, die das beobachtet hatte. „Ohne Spucke bei mir!"

„Alles klar. Du kriegst nur das Toi, toi, toi!" Jan grinste.

Mila warf Jan einen belustigten Blick zu und nahm Tini bei der Schulter. „Komm, wir müssen uns jetzt umziehen. Dabei erklär ich dir dann mal die Theaterbräuche, okay?"

Mila war kein bisschen aufgeregt und ließ die Augen über die Koppel, auf der sie nachher auftreten wollten, schweifen. Die Bühne, die sie gebaut hatten, war eigentlich gar keine richtige Bühne. Also keine mit gemalten Kulissen, wie Mila das sonst von ihrer alten Theatergruppe kannte. Sie hatten nur ein paar Whiteboards aus der Schule ausgeliehen und sie mit weißem und schwarzem Stoff behängt. Die Zuschauer würden ihre ganze Fantasie brauchen, um sich Verona, die italienische Stadt, in der *Romeo und Julia* spielte, vorzustellen.

In einigem Abstand zu den Behängen standen drei lange Reihen Stühle. Sie hatten in der Aula von *Inselglück* ein paar Plakate aufgehängt. Und die hatten offensichtlich Wirkung gezeigt, denn Mila konnte auch einige Schüler aus den höheren Klassen unter den Gästen erkennen. Über Elisa freute sie sich ganz besonders.

Aber jetzt war es wirklich Zeit, sich zurückzuziehen und für den großen Auftritt bereit zu machen.

Nachdem sich alle Zuschauer gesetzt hatten, ritten sie zu dritt auf die Koppelbühne. Zwei Reiter und ein grünes puscheliges Blätter-Etwas. Nur Mila und Jan wussten, dass sich unter den Zweigen und Blättern Renate und Tini befanden. Mila galoppierte einen weiten Bogen, ihre langen braunen Haare flatterten mit Adessos Schweif um die Wette. Sie hatte ein langes weißes Kleid an und hatte sich die Lippen und die Wangen rosig geschminkt – wie eine echte Julia.

Jan trug eine Lederhose und eine geschnürte Weste, darunter ein weites weißes Hemd. Mila sah ihn immer wieder verstohlen an. Das Kostüm passte zu Jan. Sie fand ihn so beinahe doppelt so süß wie zuvor.

Tini war als Erste dran. Sie stellte sich – als Busch – auf die Bühne und nahm langsam den Zweig weg, der ihren Kopf verdeckte.

„Ich erzähle euch jetzt, was am Anfang passiert", sagte sie mit lauter Stimme. „Die Geschichte ist schon lange her und spielt in Verona. Das ist ...", sie sah Mila an, die ihr aufmunternd zunickte, „... glaub ich zumindest, in Italien. Da gibt es zwei Familien, die sich nicht leiden können. Und es gibt Romeo und Julia, die finden sich ganz supernett und sind auch echt verliebt und so, doch die kommen eben dooferweise aus diesen Familien. Die sollten sich also eigentlich *nicht* leiden können, aber weil sie sich verliebt haben, können sie sich eben *doch* leiden, und das ist dann schwierig und sogar ein bisschen verboten." Die Zuschauer lachten und klatschten. Tini verbeugte sich leicht. „Mila und Jan spielen euch jetzt auf Englisch die Szene vor, in der sie sich kennenlernen. Viel Spaß."

Mila ließ an Adessos Seite ein Leintuch herunter, auf den ein Balkon gemalt war. Sie stellte sich auf Adesso, konzentrierte sich und los ging's.

Die Balkonszene hatte ohne jeden Patzer geklappt. Milas Wangen waren nun statt rosa ganz dunkelrot vor Freude und Aufregung. Das machte richtig viel Spaß. Gerade erklärte Tini, der Busch, was nach der Balkonszene so alles passierte. Und nun kam die schwierigste Stelle. Die mit dem Vogel. Sie hatten sie so oft geübt, aber immer, wenn Tini den Gesang nachmachte, freute sich Renate so sehr, dass an Stillstehen nicht mehr zu denken gewesen war.

Mila begann: „*Wilt thou be gone? It is not yet near day: It was the nightingale, and not the lark …*“

Tini zwitscherte und Renate wurde unruhig. Dann trabte sie mit so viel Schwung los, dass die meisten Blätterbüschel von ihr abfielen.

„Huch – Brrrr!“, rief Tini und versuchte verzweifelt, Renate zum Anhalten zu bringen. „Sie kann das Gezwitscher nicht leiden.“ Sie zuckte entschuldigend mit ihren Schultern Richtung Publikum.

„Es war Renate und nicht die Lerche!“, johlte einer der Zuschauer und alle lachten aus vollem Hals.

Nun war Renate überhaupt nicht mehr zu stoppen. Sie galoppierte und galoppierte immer im Kreis herum. Und sie steckte Adesso und Fenja an. Plötzlich galoppierten drei Pferde munter mitsamt Reitern über die Koppel und

Mila und Jan mussten so sehr lachen, dass sie sich gerade noch auf den Pferderücken halten konnten.

„Bravo!“ und „Zugabe!“, riefen die Leute, klatschten noch lauter, johlten und stampften mit den Füßen auf.

„Ich kann nicht mehr“, japste Jan. „Komm, wir machen einfach unseren Schlusstanz auf den Pferden.“

Mila nickte und holte ein zusammengerolltes rotes Stück Stoff aus Adessos Satteltasche. Jan und sie galoppierten aufeinander zu und dann nebeneinander her.

Jan nahm das eine Ende der Stoffrolle und Mila das andere. Sie entfaltete sich zu einem großen roten Herz, auf dem in goldenen Buchstaben „R & J“ geschrieben stand. Ein begeistertes Raunen ging durch die Zuschauerreihen und dann brandete der Schlussapplaus auf.

Die Vorstellung war ein voller Erfolg gewesen. Mister Green hatte beteuert, noch niemals eine so kreative und lustige Version von *Romeo und Julia* gesehen zu haben. Und Mila musste Charly hoch und heilig versprechen, dass sie beim nächsten Pferdetheater mitmachen durfte.

„Hast du kurz Zeit?“, fragte Jan und Mila wunderte sich, dass er nun aufgeregter wirkte als vor der Vorstellung. „Ich würde dir gerne etwas geben.“

„Klar.“ Mila folgte Jan in eine stillere Ecke.

Jan holte eine rote Papierrolle, die mit einer goldenen Kordel zugebunden war, aus dem Wams und gab sie Mila. „Ich will, dass du das weißt“, sagte er. Seine Stirn und seine Wangen waren feuerrot. „Auch wenn dein Herz vergeben ist.“ Dann machte er kehrt und verschwand im Getümmel.

Mit zitternden Händen löste Mila den Knoten und rollte das Papier auf. Ein Herz – genau wie das, was sie eben im Theaterstück hatten flattern lassen. Nur stand nicht „R & J“ darauf sondern „M & J“. Milas Herz blieb für einen Moment stehen und nur die vielen kleinen Ameisen, die plötzlich durch ihre Adern sausten, konnten es wieder zum Schlagen bringen. M & J – Mila & Jan? Ach, du heilige Pferdekacke, sollte das etwa heißen, dass es Jan genauso ging wie ihr? Wo steckte er bloß …? Sie musste ihm unbedingt sagen, dass …

„Mila?“, hörte sie mit einem Mal eine vertraute Stimme rufen.

Hä? Moment mal, das konnte nicht sein … Mama und Papa waren weit weg in Kenia. Sie blickte sich suchend um. Mitten auf der Wiese, mitten auf Marum standen Mama und Papa und strahlten sie an.

„Du warst großartig, mein Schatz!"

„Papa! Mama!" Mila steckte schnell das rote Herz weg und rannte auf ihre Eltern zu. „Ihr seid da? Aber ich dachte –"

„Du dachtest, wir lassen uns die weltbeste Aufführung von *Romeo und Julia* entgehen? Niemals!", lachte Mama und umarmte Mila so fest, dass ihr fast die Luft wegblieb.

Mila zwickte erst sich in den Arm und dann ihren Papa.

„Hey!", sagte Chris.

„Ich muss doch sehen, ob ihr wirklich echt seid." Mila grinste.

„Geht es dir gut, meine kleine Mila?", fragte Chris und hob Mila ein Stück nach oben.

Mila tastete nach dem Papierherz und strahlte erst ihre Mutter und dann ihren Vater an. „Ich war noch niemals so glücklich wie jetzt. Pferdehufeisenehrenwort."

Emma Norden wurde 1978 geboren und malte sich schon als kleines Mädchen aus, Schülerin eines Reitinternats zu sein. Gerne wäre Emma so wie Mila und würde mit ihrem Traumpferd Adesso spannende Abenteuer erleben. Aber statt am Strand entlangzugaloppieren, schreibt sie fleißig Geschichten und wird von ihren Kindern auf Trab gehalten.